Regina Bailer

SO WAR ES DAMALS
Wege eines Flüchtlingskindes
 1944 bis 1949

Books on Demand
2016

Impressum

Bibliografische Information der Deutschen Nationalbibliothek:
Die Deutsche Nationalbibliothek verzeichnet diese Publikation in der Deutschen Nationalbibliografie; detaillierte bibliografische Daten sind im Internet über dnb.dnb.de abrufbar.

Herstellung und Verlag:
BoD – Books on Demand, Norderstedt
ISBN 978-3-7431-3986-2
Copyright 2017 Regina Bailer

Einleitung

Jedes Jahr, wenn es draußen vor Eis und Frost klirrt, drängen sie herauf, die Erinnerungen an die Kriegsjahre, die bösen Erfahrungen der Kinderzeit. Traumata sagen die Psychologen. Eigentlich müssten sie verjährt sein – in der nüchternen Juristensprache – oder verrottet im Kompost des Vergessens, verdunstet und unschädlich geworden in der sich überlagernden Lebensgeschichte.

Aber von Zeit zu Zeit glühen sie auf, drohend oder niederdrückend, nehmen Gestalt an wie der Geist aus der Flasche. Teilweise scheinen sie bemoost von den Überwucherungen des immer wieder Erzählten oder lodern flammend auf durch den Sauerstoff des erinnert Werdens. Irgendwelche Relikte rufen sie hervor, die Bilder der Kindertage, jetzt nach 70 Jahren des Schweigens und der gesellschaftlichen Tabuisierung. Man versucht, diese unliebsamen Gäste zum Schweigen zu bringen, sie zu überdecken und zu verscheuchen mit einem „Seid still. Was vergangen ist, ist vergangen!". Aber sind sie wirklich vergangen? Wissen Kinder und Enkel, was sich vor 70 Jahren abgespielt hat in einem grausamen Szenario? Haben die Nachfahren Lehren aus diesen weltgeschichtlichen Ereignissen gezogen? Auch im einundzwanzigsten Jahrhundert quellen die

Zeitungsberichte über von Flucht und Vertreibung, von Krieg und Kriegsverbrechen. Siebzig Jahre später sind Menschen von ähnlichem Leid betroffen, schreien Kinder noch immer in unverstandenem Schmerz, wüten unvermindert irrsinnige Hassorgien. Aufgeschrieben muss deshalb sein, was sich nie mehr wiederholen dürfte und sich doch ständig wiederholt. Und auch das innere Kind will endlich die Bürde des Unbearbeiteten los werden, will sich endlich zur Ruhe legen dürfen.

1 Herkunft

Das Kind kam im Februar 1940 auf die Welt – entstanden also im Frühlingsmonat Mai, als die Welt noch halbwegs in Ordnung zu sein schien. Zumindest gab es noch nicht den Zweiten Weltkrieg, der wurde wenige Tage später erklärt und sollte das weitere Leben bestimmen.

Die Mutter war bei der Geburt 31 Jahre alt, der Vater 35 Jahre. Der sieben Jahre ältere Bruder und die fünf Jahre ältere Schwester hielten wie Pech und Schwefel zusammen und das kleine Mädchen wuchs eher wie ein Einzelkind auf. In den Augen des Kindes hatte seine Geburt etwas sehr Abenteuerliches, ja Bedrohliches an sich: Mitten in der Eiseskälte des nordischen Winters hatte – laut

Beteuerung des Bruders – der Klapperstorch das Kind aufs Fensterbrett gelegt, als die Eltern im Kino waren. Dieser beängstigenden Vorstellung widersprach zwar die Tatsache, dass der Vater bereits als Funker und Kurier Kriegsdienst zu leisten hatte und gar nicht im Kino gewesen sein konnte. Aber die Uzereien des Bruders hatten Autorität, sodass das Kind sich eigentlich nie zur Familie gehörend empfand.

Der Geburtsort war Marienburg in Westpreußen, das nach dem Ersten Weltkrieg durch Volksabstimmung nicht Polen sondern Preußen zugeteilt wurde. Das kleine Städtchen an der Nogat wurde von der Majestät der Deutschordensburg dominiert. Die mächtigen Backsteinbauten des gotischen Prachtbaus türmten sich weithin sichtbar über der Stadt auf. Beim Spazierengehen grüßte eine Marienstatue in einer Chornische über das Wasser hinweg das Kind und seine Mutter. Nur selten verirrten sich die Fußgänger ins Burggelände. Gruselgeschichten kannte das Kind durch die anschaulichen Erzählungen des Vaters. Es hörte, dass der Hochmeister Heinrich von Plauen nach der verlorenen Schlacht zu Tannenberg 1410 sich mit den Einwohnern in die Burg zurückzog und die Stadt – außer Kirche und Rathaus - niederbrennen ließ. Die Feinde gaben die Belagerung darauf hin auf. Die Stadt war gerettet

7

und konnte wieder aufgebaut werden. Auch eine in der tragenden Mittelsäule im Rempter steckende Kanonenkugel beeindruckte das Kind tief.

Der Bruder ging in das Gymnasium, das nach Heinrich von Kniprode benannt war, dem Hochmeister und Gründer einer Lateinschule, die 1816 zur Höheren Stadtschule und zum Gymnasium erweitert wurde. Er konnte die diversen Hochmeister aufsagen und war stolz, in eine solchermaßen renommierte Schule zu gehen.

Getraut und getauft wurde in der dreischiffigen gotischen Hallen-Backsteinkirche St. Georgen. Durch das gotische Marientor und den angrenzenden Stadtpark kutschierte die Mutter mit dem Einspänner. Die Kinder genossen das komfortable Fahren in der Kutsche, wenn es zu Besuchen bei den Großeltern ging. Mutters Eltern besaßen eine Mühlenfabrik, in der Wind- und Wassermühlen gebaut wurden. Das Gelände war so weitläufig, dass die Angestellten mit Fahrrädern von einer Produktionsstätte zur anderen radelten. Das Wohnhaus wurde von Omas Garten umrandet, in dem das Kind mit Vorliebe nach Walderdbeeren suchte. Kinder gab es hier nur, wenn Besuch da war. Sonst regierte der kühle Erfinder- und Konstruktionsgeist. Den Opa kannte das Kind nur von Bildern und Erzählungen her. Er war an einem

Leberleiden gestorben. Die Fabrik wurde von seinen drei Söhnen gemeinsam weiter geführt.

Bei Vaters Verwandtschaft wimmelte und wuselte es durcheinander, denn hier gab es einen riesigen Pferdehof mit einem Heimatmuseum, kleiner Gastwirtschaft und einem Kolonialwaren-Laden. Zahlreiche Onkel und Tanten, Cousinen und Cousins bildeten mit den meist polnischen Hausangestellten eine verlässliche und bunte Hausgemeinschaft. Einen Kindergarten brauchte das Kind nicht. Die Besuche bei den Großeltern und die Streifzüge durch das weitläufige Gelände boten genug Unterhaltung. Ein überschaubares und sicheres Leben wäre dem Kind bestimmt gewesen, wenn die Zeitläufe es nicht anders gebracht hätten. Die Veränderung bahnte sich auch in der Familie an.

2 Fackelzug

Das Kind hockt auf dem Kinderzimmerboden zusammen mit dem Bruder; zwischen ihnen die große Trommel, die der Bruder beim „Jungvolk" zu spielen hat. Wieder einmal hat er in seinem nicht zu bremsenden Eifer das Trommelfell durchgehauen. Nun bezieht er das Instrument neu. Er spannt das ungebrauchte runde Leder über den

Rahmen und zieht die vorgestanzten Löcher über die waagrecht abstehenden Metallösen am oberen Bauch der Trommel. Er hat die nötige Kraft und Geschicklichkeit dazu. Schließlich fädelt er die Kordel durch die Ösen und verknotet die Enden. Jetzt sitzt alles fest und er kann wieder „auf die Pauke hauen". Beim Trommelwirbel und dem abschließenden „Schmiss" bekommt er rote Backen und glänzende Augen.

Bald geht es wieder zum Fackelzug, dem begehrten Höhepunkt mancher Gruppenstunden, und er muss sich umkleiden. Seit der feierlichen Vereidigung des Elfjährigen im Rempter der Marienburg auf „Führer, Volk und Vaterland" prangt die Uniform als Mittelpunkt zwischen Spielzeug und Schulsachen im Kinderzimmer. Das Kind darf bei der Verwandlung des Bruders dabei sein. Er legt seine zivile Kleidung ab und steht da im Leibchen mit den langen Strapsen. Daran sind die grauen Wollstrümpfe fest geklammert, darüber die Schenkel bedeckende Unterhose. So kennt das Kind den Bruder. Der schlüpft in den braunen Blouson und legt sich ein schwarzes Dreiecktuch unter den Kragen. Die Zipfel werden durch einen geflochtenen Lederknoten geführt und hängen krawattenartig auf der Brust. Die schwarze Überfallhose verdeckt alle peinlichen Dessous. Der Bruder lässt das silberne Koppelschloss zuschnalzen. Dynamisch blinken die zwei SS-Blitze unter dem Hakenkreuz auf der Gürtelschnalle. Wie bei den mächtigen Gruppenleitern und NS-Vorbildern wird ein brauner Ledergurt quer über den Oberkörper gelegt, an dessen Metallschlaufen die Hose aufgehängt wird. Stiefel gibt es für die „Pimpfe" noch nicht, die Schnürschuhe genügen. Der Bruder streift sich den Gurt mit der Trommel über und steht aufrecht im Kinderzimmer. Er bestaunt sich selbst im Spiegel. Er gefällt sich. Er ist wichtig. Aus dem Strapsenträger ist ein Würdenträger geworden.

Das Kind darf zum ersten Mal den Fackelzug am Abend miterleben. Mit Mutter und Schwester geht es zum Nogatufer, wo der feierliche Aufmarsch vorbeikommen wird. Das Kind liebt diesen Standpunkt: die mächtige Marienburg mit der riesigen Marienskulptur in der Fensternische des Chores schaut mit gleich bleibender Milde herüber und das Kind fühlt sich sicher und beschützt im Schatten dieser prachtvollen und - wie es meint - unzerstörbaren Burg.

Als erstes hört das Kind das Geschmetter der Fanfaren, das abgelöst wird durch die Rhythmen der Trommler. Dann erklingt ein vielstimmiges Singen, bei dem man am liebsten mitstampfen würde und gar nicht still stehen kann. Lauthals brüllen das „Jungvolk" und seine schmissigen Anführer „Wir wollen zu landauf fahren..." und „Wildgänse rauschen durch die Nacht mit schrillem Schrei nach Norden...." Dann tauchen Lichterflammen auf, die sich tausendfach im Nogatufer widerspiegeln. Die marschierenden Kinder in ihren Uniformen werden rechts und links eingerahmt von Fahrradfahrern, die einhändig ihre Vehikel steuern und mit der Außenhand eine brennende Fackel tragen, deren Stiel sie in die Hüfte stemmen. Das Kind erkennt den Bruder mit seiner Trommel und kann kaum glauben, dass es derselbe Bruder ist. So erwachsen und bedeutsam sieht er aus. Die Zuschauer beginnen zu johlen, klatschen, strecken die Hand in die Höhe, feuern die Kinder an. Dem Kind und seiner Schwester laufen Gänsehautschauer über den Rücken. Sie klammern sich aneinander und zittern. Sie hören, wie die Mutter vor sich hin murmelt: „So fängt man Mäuse!" .

3 Gefallen

Als sie nach Hause kommen, ist große Aufregung. Die älteste Schwester der Mutter ist da. Schreiend schwenkt sie einen Papierfetzen und kreischt: „Dieter! Mein Dieter!". Sie ist wie von Sinnen, schlägt mit den Fäusten auf den Tisch. „Das kann nicht sein!". Schwarz auf weiß zeigt sie der Mutter die Worte: „In Russland für Volk und Vaterland gefallen!". Ihr Körper schüttelt sich. Sie krümmt sich zusammen, als wollte sie ihren Bauch umarmen, in dem vor neunzehn Jahren das kleine Menschenkind heranreifte. Das Kind kennt den strahlenden Vetter, der stets so lustige Witze machen konnte. Bei den Fallschirmspringern hat er gelernt, Treppen unbeschadet hinunterzufallen und hat dies an allen möglichen Haustreppen demonstriert. Was heißt dann jetzt dieses „gefallen"?

Das Kind erfährt zum ersten Mal, dass sich hinter harmlosen Wörtern schreckliche Wirklichkeiten verbergen und schreckliche Wirklichkeiten durch harmlose Worte entkräftet und ihrer Wirkung beraubt werden.

Der Bruder ist still geworden, als müsse er den Zwiespalt in sich erst einmal ordnen. Wie oft hat er den acht Jahre älteren Vetter beneidet um das Abenteuer, zu dem der erwählt war. Ist Dieter jetzt ein Held, wie er es sich gewünscht hatte? Könnte mit dem Vater nicht auch Ähnliches passieren? Ist das dann ein mutiger Tod, auf den man stolz sein kann? Schade, dass das großartige Erlebnis mit dem Fackelzug so ernüchternd enden muss.

4 Judenhass

Am nächsten Tag verspricht Mutter den Mädchen einen Besuch bei der Oma. Mutter lässt die Kutsche kommen und sie übernimmt wieder selbst die Zügel. Rechts und links im neuen Landauer sitzen das Kind und seine Schwester. Der alte Kutscher, der den Einspänner gebracht hat, geht zu Fuß zur Remise zurück. Mutter kutschiert durch den Stadtpark zum Anwesen der Großmutter, die nun zusammen mit zwei Töchtern ohne die Söhne die Fabrik führt. Mutters Brüder „dienen" jetzt an der Front und einige betagte Mitarbeiter unterstützen die verwitwete Seniorchefin. Oma ist jetzt immer stiller und sorgenvoller als sonst. Sicher ist sie traurig, weil ihre geliebten Söhne so weit weg sind, denkt sich das Kind.

Der Weg führt am jüdischen Friedhof vorbei, wo gerade eine Beisetzung zelebriert wird. Das Kind entdeckt auf der Friedhofsmauer eine Horde junger Burschen, die da oben sitzt und gafft. Auch der Bruder ist dabei. Mutter hält den Wagen an und sie hören, wie die jüdische Gemeinde ruft: „Grüß uns den Vater Abraham!" - wohl ein Abschiedsgruß an den Verstorbenen. Daraufhin erschallt von der Jungenmeute auf der Mauer: „Von uns auch, von uns auch!" Zur Verstärkung dieser Verhöhnung werfen sie Äpfel und Tomaten auf die Trauernden und gröhlen unflätige Ausdrücke.

Mutter peitscht die Zügel und die Karosse rast in den Elbinger Ring, wo die Oma wohnt. Die gute Laune ist dahin. Das Kind schläft schon, als die Mutter mit dem Bruder am Abend „ein ernstes Wort" redet. Der Bruder ist gespalten. In dem Heinrich-von-Kniprode-Gym-nasium, das er besucht und das sich eigentlich den Idealen des namengebenden Großmeisters des Deutschritterordens verpflichtet weiß, hört er andere Töne. Von „lästigen Läusen", von „jüdischen Vaterlandsverrätern", von einer „Schande für das deutsche Volk" ist da die Rede.

Später erfährt das Kind, dass diese Diskussion mitten durch die Familien geht. Die vom Kind überaus bewunderte Tante Elfriede zum Beispiel, die mit einem von Mutters Brüdern verheiratet ist, hat sich mit einem einflussreichen SS-Kommandanten eingelassen und erwirkt mit ihrem umwerfenden Sexappeal die Ausreisegenehmigung für unzählige Juden. Unbeirrt von den familiären Auseinandersetzungen tut sie, was ihr Gewissen sie heißt. Das Kind wird später einmal stolz auf sie sein.

5 Judenverleumdung

Wenn die Geschwister in der Schule zu sein haben, trollt sich das Kind in Hof und Garten. Am liebsten besucht es im Sommer einen jungen Fotografen, der sein Atelier in einer Untergeschosswohnung betreibt. Das Kind setzt sich von außen auf das Sims des geöffneten Fensters und hat so einerseits den vollkommenen Blick ins interessante Zimmer mit seinen merkwürdigen chemischen Gerüchen und es kann andererseits die Perspektive der vorbei eilenden Beine, Röcke und Hosen bestaunen. So lässt sich die Welt aushalten. Doch eines Tages wird diese still vergnügte Freude brutal zerstört. Ein dem Kind fremder Mann bleibt vor ihm stehen und ranzt es an: „Was tust du da? Mach, dass du nach Hause kommst. Weißt du nicht, dass der Jud dich schächten wird?".

Wie ein angeschossenes Reh rennt das Kind in den rettenden Hafen der Wohnung und ist kaum zu beruhigen. Es weiß nicht, was „schächten" heißt, aber es hört sich so ähnlich wie „schlachten" an. Von jetzt an wird es immer die andere Straßenseite wählen und einen weiten Bogen um das von nun an geschlossene Fenster machen.

Ist das verschwundene Nachbarskind auch von dem bösen Fotografen geschnappt worden? Das

Kind mochte das nette Mädchen mit den langen Zöpfen und verstand nie, warum gerade dieses Kind wegen seiner „komischen Hakennase" von den Jungen ausgelacht und verhöhnt wurde. Niemand kann dem Kind sagen, wo die kleine Rut und ihre Eltern geblieben sind. Warum wurden alle Möbel aus der Wohnung geschleppt und achtlos auf Lastwagen geworfen? Warum wechselt Mutter so schnell das Thema, wenn das Kind nachfragt? Es gibt viel zu denken für das Kind.

6 Krankheit

Eines Tages ist das Kind krank. Es hat Fieber und kann nicht schlucken. Die Mutter schiebt ihm einen Löffelstiel in den Mund und drückt die Zunge nach unten. Sie erschrickt: der Rachen ist glutrot und trägt viele weiße „Stippchen". Sie schickt den großen Bruder zum Hausarzt und lässt ihn bitten zu kommen.

Das Kind hat immer die gleichen Fieberträume: die Bettdecke wölbt sich hoch auf und wird zu einem Riesentier, das ihm die Luft zum Atmen nimmt. Es erstickt fast das kleine Mädchen. Das Kind versucht schnell die Augen aufzumachen, damit das Tier verschwindet. Aber die Augenlider sind so schwer, sie wollen nicht aufklappen.

Die Mutter steckt dem Kind alle Viertelstunde eine kleine Tablette in den Mund. Sie schmeckt süß und zergeht auf der Zunge zu einem winzigen Tröpfchen Zuckermilch. Aconit, Belladonna, Ferrum phos sind die geheimnisvollen, wichtig klingenden Namen. Dazwischen wickelt die Mutter feuchte, kühle Tücher um die Beinchen des Kindes. Das dicke Handtuch drumherum lässt die Füße schweben. Das Bettdeckentier zieht sich langsam zusammen, wird kleiner und lauert nur noch verstohlen am Fußende des Bettes. Auch der Hals wird mit Quarkwickeln umhüllt.

Der freundliche Hausarzt kommt, betastet die Lymphknoten, schaut in den Mund und wirft der Mutter einen sorgenvollen Blick zu. „Ja, das sieht nach Diphterie aus", murmelt er leise. Es ist die Todesfalle unzähliger Kinder in dieser Zeit, aber das weiß das Kind zum Glück nicht. Der Doktor macht einen Abstrich, den er in ein Glasröhrchen steckt. „Bis morgen haben wir Gewissheit. Bis dahin Quarantäne!" Die Geschwister müssen aus dem Haus. Die Großmutter im Elbinger Ring wird sie aufnehmen. Der Arzt wäscht sich die Hände mit Desinfektionsmittel. Beißender Geruch erfüllt die Wohnung. Er riecht unheilvoll und vergrößert die Angst vor dem Wort „Luftröhrenschnitt", den das Kind doch aufgeschnappt hat.

Die Nacht kommt. Die Mutter nimmt das Kind zu sich ins Ehebett, in dem sie allein schläft, seit der Vater an der Front ist. Weich ruht es an der warmen Brust der Mutter. Der schützende Arm hält das Bettdeckentier in Schach. Immer wieder das kleine Pillchen im Mund, selbst im Schlaf wandert es zwischen die Lippen des kranken Kindes.

Gegen Morgen dann stellt sich tiefer Schlaf ein. Als das Kind erwacht, scheint die helle Sonne ins Schlafzimmer. Das Kind hat Durst, trinkt in kurzen Schlucken kühlen Tee. Das Fiebertier ist verschwunden. Das Kind möchte vorgelesen bekommen. Doch zuerst steht der Doktor im Zimmer. Er hält die Bestätigung in der Hand, dass das Kind Diphterie hat. Er muss es ins Krankenhaus einweisen. Doch beim Blick auf das Kind erstaunt er. Die Augen blicken ihn klar an. Es lacht, als der Arzt ihm die Nase stupst. Es liegt zufrieden und sichtbar wohlig im großen Ehebett und ist nur noch ein bisschen müde.

Der Arzt verzichtet aufs Krankenhaus, aber die Abschottung muss beibehalten werden. Er wird nachmittags nochmals kontrollieren. Wundervolle Tage folgen. Das Kind hat die Mutter ganz für sich. Es isst, was es sich wünscht und was die Oma geschickt hat: kühles Kompott, Gemüsemus, Hühnerbrühe mit Ei, Stampfkartoffeln mit gehackter Hühnerleber, dazu gibt es frisch gepressten Saft mit Traubenzucker. Es ist wie im Schlaraffenland. Vorgelesen werden unzählige Male die Bilderbücher „Wie Engelchen seine Mutter suchte" und „Das Wettermännlein". Am Schluss kann das Kind die Bücher auswendig und sie später der großen Schwester selber „vorlesen".

Dann dürfen auch die Geschwister wieder einziehen. Doch zuvor muss die ganze Wohnung mit Lysol desinfiziert werden. Es riecht tagelang wie im Krankenhaus und auch Pummelchen und die anderen Spielzeuge „stinken"!

Zur Krönung darf Vater ein Paar Tage Heimaturlaub machen und steht plötzlich im grauen, kratzigen Landsermantel in der Tür. Er soll der Frau seines Kompagniechefs Königsberger Marzipan bringen. Als Vater auch für die eigene Familie aus seinem Tornister ein Kistchen mit Marzipan und eines mit Nougat zieht und es zur Feier des Tages schwarz-weiße Schichthappen für alle gibt, verschwindet der letzte Rest von Fremdheit. Die Welt ist für einige Zeit so heil, wie sie nur sein kann. Aber es sind nur wenige helle Augenblicke, denn die hektischen, laut schreierischen Propagandameldungen aus dem Rundfunkapparat und die verbotenen Frontnachrichten legen sich wie Bitterkraut auch auf diese Süßigkeiten.

7 Bombenangriff

Das Kind kennt die Zeit noch nicht, nicht den Ort, an dem es lebt mit Mutter und Geschwistern. Januar neunzehnhundertfünfundvierzig und Marienburg in Westpreußen sind keine bestimmenden Koordinaten. Aber es weiß, dass der Vater wieder zurück „an die Front" muss, ahnt das Schreckliche an Mutters Tränen, wenn erneut von Abschied die Rede ist. Noch sind Flucht, Bedrohung, Heimatlosigkeit keine Wirklichkeit, das Wort „Krieg" ist eine bedrohliche, aber ferne Formel. Noch ist es möglich mit Ball oder Dreirad unter den mächtigen Mauern der Marienburg herumzutollen. Noch gibt es ein heiles Zuhause.

Zufrieden liegt das Kind abends im Gitterbett. Wie Wächter überragen die Stäbe das vierjährige Mädchen. Es kuschelt sich in das leichte Federbett. Pummelchen, das heiß geliebte Puppenkind, hat die Klimperaugen schon geschlossen und ruht im Arm. Der brummige Teddybär macht sich so breit, dass Stoffpferd und Kuschelaffe kaum Platz finden. Das weiche Flanell-"Mehmehchen" schmeichelt sich an die Wange. Nun ist auch noch der Daumen im Mund – die Welt ist in Ordnung. Selbst das Hänseln des großen Bruders „Daumenlutscher, Daumenlutscher" kann ihm in dieser seligen Geborgenheit nichts mehr ausmachen.

„Breit aus die Flügel beide" hat die Mutter gesungen. Das Kind ist also nicht allein, die himmlische Engelschar wacht. Trotzdem, die Tür muss offen bleiben. Im Flur brennt das Licht. Die Fenster sind verdunkelt. Wohltuender Schlaf hüllt das Kind langsam ein.

Plötzlich heult der markerschütternde Schwellton der Sirene vom Dach gegenüber durch sämtliche Fugen und Ritzen ins Haus. Schreiend fährt das Kind hoch, brüllt, brüllt, brüllt. Die Mutter stürzt ins Zimmer, reißt es an sich. Mit geübten Händen zieht sie die bereit gelegten Kleidungsstücke über. Das Kind klammert sich an Pummelchen, als könnte von hier der Schrecken verscheucht werden. Schlaftrunken taumeln die großen Geschwister aus ihren Zimmern. Rasch, rasch in den Keller! Die Sirene verstummt.

Muffige Luft umfängt sie im Raum unter der Erde. Eine trübe Birne verbreitet graues Licht, bescheint verängstigte Gesichter der Mitbewohner, die grüppchenweise auf den Holzbänken kauern. Das Kind sitzt auf dem Schoß der Mutter, Bruder und Schwester rechts und links dicht daneben. Der Kopf ist so müde, sinkt an Mutters Schulter.

Das Brummen schwerer Flugzeuge dringt in den Keller, nähert sich, schwillt bedrohlich an, übertönt das rasende Herzschlagen. Die Menschen im Keller halten den Atem an, die tränenlosen Augen sind weit aufgerissen. Gespenstische Stille, wie vor einem erwarteten Unheil, legt sich messerdick auf die Lauschenden. Doch für dieses Mal drehen die Flugzeuge ab. Ihr Getön wird etwas leiser. Doch da erschüttert das Haus, kurz drauf ein dumpfer Knall. Mörtel bröckelt von der Decke herab. Wieder erzittert das Haus und wieder das laute Einschlagen entfernter Bomben, unaufhörlich sich wiederholend. Nicht endende Erschütterungen und dumpfe Explosionsgeräusche. „Fuggewulf", sagt einer, die Flugzeugfabrik ganz in der Nähe. Die Bomber haben ihr Ziel erreicht, scheinen endlich zu verschwinden. Der Dauerschrillton der Sirene erklärt das Szenario für beendet.

Alle drängen aus dem Keller, strömen vors Haus. Ein gespenstischer Feuerschein färbt den Nachthimmel glutrot. Aufschießende Flammenfontänen werden von ohrenbetäubendem Knallen begleitet. Das Feuer breitet sich aus. Die Wände der Fabrikhallen fallen wie Bauklötze ins Flammenmeer. Der Fabrikschornstein beginnt zu wackeln, kippt, sackt in sich zusammen. Rauch- und Staubschwaden bilden eine geisterhafte Pilzglocke, die, sich ausbreitend, nach oben strebt und sich in alle Richtungen verteilt. Immer feuriger wird der Horizont, immer vehementer werden die Explosionen. Es ist, als ob jede Flammenkaskade drei neue entfache.

Das Kind hält sich die Ohren zu, vergräbt das Gesicht an Mutters Hals. Die Beine sind zu schwach zum Stehen und schlagen zitternd wie Uhrenpendel an den Bauch der Mutter. Es will nichts sehen, aber die Bilder brennen sich in die Seele. Ein beißender Gestank nach Schießpulver und Verbranntem trifft die erstarrten Zuschauer. Jahre später wird dieser Geruch das Kind beim Spielen mit „Käpselespistolen" zu Fasching an diese Schreckensnacht erinnern und dieses Grauen erneut wecken.

Mutter drängt die Kinder ins Haus. Die Geschwister können sich nicht los reißen von dem schaurigen Spektakel. Schließlich kehren sie in die warme, heimelige Wohnung zurück. Teddybär und Kuschelaffe warten. War alles nur ein Traum, ein schlimmes Alpdrücken, aus dem sie nun erwacht sind? Das Kind zittert so sehr, dass die Mutter es zu sich ins Bett nimmt, es wärmt mit der eigenen Körperwärme. „Schlaf! Schlaf! Wer weiß, was morgen ist!" Ahnte die Mutter, dass es drei Wochen später keine Rückkehr in eine sichere Wohnung geben und der Schreckensruf „Die Russen kommen!" ihr Leben nachhaltig verändern würde?

8 Aufbruch

Die Mutter ist selig. Vater ist nach einer geglückten Bruchoperation auf Erholungsurlaub. Er ist schonungsbedürftig und hat viel Zeit. Endlich singen die Eltern wieder zusammen ihre Duette, über denen sie sich in der Gesangsstunde kennen und lieben gelernt hatten. Das Kind ist ein bisschen eifersüchtig, aber es darf trotzdem manchmal in der „Besuchsritze" zwischen den Eltern schlafen. Es ist ein Leben, wie es eigentlich immer sein sollte.

Da trifft die Schreckensmeldung ein: Die Russen sind vor Königsberg und wüten wie die Vandalen. Vaters älteste Schwester hat es besonders getroffen. Beim Versuch seine Frau zu schützen, ist ihr Mann erschossen worden. Die älteste Tochter wurde vor den Augen der Mutter brutal vergewaltigt und dann ins Unbekannte verschleppt. Vaters Schwester selbst konnte mit den beiden Jüngsten fliehen und findet nun bei den Großeltern in Marienburg Zuflucht. Sie weint leise und unaufhörlich. Manchmal schreit sie wie eine Wahnsinnige und fällt danach in starre Apathie.

Es kann nur noch kurze Zeit dauern, bis die Feinde auch hier ankommen. Man beschließt zu fliehen, solange es noch möglich ist. Die Straßen sind von

Flüchtlingstrecks überfüllt. Ein geordnetes Vorwärtskommen mit den Pferden ist nicht möglich. Deshalb ist die Eisenbahn die sicherere Lösung. Es wird vereinbart, dass die Familien sich getrennt auf den Weg. Orientierungspunkt ist Hamburg, wo Vaters ältester Bruder eine Apotheke besitzt. Hier sollen Meldungen über den jeweiligen Verbleib hingeleitet werden.

Das Kind versteht nicht, was die Erwachsenen verhandeln. Es merkt nur die Bedrohung und dass es noch Schlimmeres geben kann als die Bombenalarme. Zunächst gilt es, das Nötigste zusammenzupacken und auf zwei Schlitten zu verstauen. Wechselkleidung, ein paar Hygieneartikel und die Bibel werden in die Betten gewickelt und mit Schnüren zusammen gehalten. Etwas Essbares wird in einer Tasche verpackt. Das Kind schleppt den Kuschelaffen, das Stoffpferd, Bilderbücher, den Puppenwagen an. Nichts von allem darf mit. Nur Pummelchen wird auserkoren, die Reise mit zu machen. Das Kind nimmt tränenreichen Abschied. Um siebzehn Uhr kommt ein Zug von Elbing, den will man erreichen. Gut, dass es schnell gehen muss, so bleibt keine Zeit für Rührseligkeiten.

Die Wohnung wird abgeschlossen. Draußen herrschen fünfzehn Grad Frost. Der Schnee liegt in dicker Schicht auf der Straße. Nur nicht zurück blicken. Vater sagt tröstend: „In ein paar Tagen sind wir wieder hier!" Alle sind dankbar für diesen Hoffnungsstreifen, an den sie so gern glauben würden. Der Bruder zieht die Schlitten. Mutter hat die Mädchen an der Hand. Vater hält sich den operierten Bauch.

Der Bahnhof ist übersät von Menschen. Überall dick vermummte Gestalten, die möglichst nahe an die Bahnsteigkante drängen, um vorne zu sein, wenn der Zug einfährt. Da ertönt das schrille Pfeifen der Dampflokomotive. Der Zug fährt langsam ein. Er sieht aus, als hätte er ausgestopfte Taschen, denn an jeder Wagentür klammern sich von außen Hunderte von Menschen. Der Zug hält gar nicht an und fährt im Schneckentempo durch den Bahnhof. Trotzdem versuchen einige Wartende verzweifelt noch irgendeinen Stehplatz auf den Plattformen zu ergattern. Menschen schreien Namen, ziehen Hände nach sich, ohne zu wissen, ob die Person mitkommt. Ohne weiter zu warten, nimmt der Zug Fahrt auf. Das Kind schließt die Augen, um nicht sehen zu müssen, wie Menschen von den Trittbrettern fallen und die Zurückebliebenen in Panik nach hinten drängen. Kinder werden fast erdrückt in dem Tumult. Die Eltern weichen zurück. Nein, so nicht. Sicher kommt bald ein neuer Zug, den man benützen kann.

Die Mutter schlägt eine Wolldecke um das Kind, das verschreckt auf einem der Schlitten kauert und zittert, dass ihm die Zähne zusammenschlagen. Sie warten auf den nächsten Zug. Auch der ist überfüllt. Ein Ein- und Aussteigen ist nicht möglich. So geht es auch mit dem dritten. Die Eltern beschließen, noch einmal nach Hause zu gehen. Was für ein glückliches Gefühl, die warme Wohnung zu betreten und ins weiche Bett schlüpfen zu können! Der Bruder hängt seine Sprungdeckeluhr sorgsam in das eigens dafür gezimmerte Uhrengehäuse. Das ist ihm im Augenblick das Wichtigste, die kostbare Uhr vom Großvater gut aufgehoben zu wissen.

9 Fluchtbeginn

Am sehr frühen Morgen klopft und klingelt es vehement an der Wohnungstür. Es ist ein Bote vom befreundeten Bahnhofsvorsteher, der ausrichten lässt, dass in einer Stunde ein Güterzug für die Flüchtlinge bereit gestellt wird. Es ist die letzte Gelegenheit, aus Marienburg heraus zu kommen. In der Nacht hätten sich die Russen gefährlich nahe an die Stadt heran gemacht. Vielleicht gelingt es die „Wilhelm Gustloff" in Gotenhafen (Gdingen) zu erreichen und nach Schweden überzusetzen, bis der Krieg vorbei ist.

In großer Hast wird das Kind geweckt und in die doppelten Kleider gesteckt. Kurz etwas Essbares in den Mund geschoben, dann stehen sie wieder auf der Straße und ziehen zum Bahnhof. Auf einem Nebengleis wird rangiert. Mehrere Güterwagen werden aneinander gekoppelt und mit Stroh ausgelegt. Dann dürfen die Fliehenden in die Waggons einsteigen. Die Familie stellt die zwei Schlitten in die hintere Ecke, von der Tür entfernt. Auch andere Menschen erklimmen den hohen Perron und richten sich ein - so gut es geht. Es gibt keine Sitzbänke, dafür kann man die Beine ausstrecken und sich etwas Stroh unter die Füße schieben. Dann wird das Tor geschlossen und der Zug ruckelt los. Da schreit der Bruder auf: „Meine Uhr! Ich habe meine Uhr vergessen!" Der Schmerz ist grenzenlos und das Kind sieht den starken Bruder vielleicht zum ersten Mal weinen.

Gesprochen wird nicht viel. Das Kind schaut sich um. Die Wände sind verrostet, über ihm gähnt ein Loch in der Abdeckung. Die wenigen Luftritzen lassen kaum Licht durch und beschlagen sich allmählich mit der gefrierenden Atemluft. Eine Heizung gibt es nicht. Aber die vielen Menschen wärmen sich gegenseitig. Das Kind döst vor sich hin, schläft ein, schreckt auf, schläft wieder ein. Es gibt kein Gefühl für die Zeit mehr. Unaufhörlich rollen die Eisenräder über die Schienen. Wird eine

Weiche überfahren, ruckelt und schuckelt der Waggon die Dösenden aus der Lethargie. Das monotone Rattern der Räder klingt in den Ohren des Kindes wie eine Melodie und es beginnt zu reimen.
„Rattatum – bumm bumm bumm,
rattatalt – es ist kalt,
rattatose – nasse Hose ..."
Da merkt das Kind, dass es ein dringendes Bedürfnis befriedigen muss. Aber es gibt keine Toilette hier. Als es sich Mutter anvertraut, wird ein Eimer gereicht, in den bereits andere Leute ihre Notdurft verrichtet hatten. Der Frost hat den Inhalt gefrieren lassen, sodass er nicht entsorgt werden konnte. Das Kind schämt sich furchtbar und gerät in große Not. Es möchte unsichtbar sein. Aber es gibt keinen anderen Weg. Die Mutter breitet die Decke als Sichtschutz um das Kind und den schmählichen Eimer. Tröstlich ist, dass auch die Schwester ihrem drängenden Bedürfnis nachgibt und die Gelegenheit nützt. Es ist also nicht allein mit seiner Überwindung und dem peinlichen Preisgegebensein.

10 Communio Sanctorum

Stundenlang rattern die Räder über die Gleise. Das eintönige Rumpeln über die Schienen legt sich wie ein bleierner Panzer auf die Fahrenden. Das Kind starrt auf das Loch in der Waggondecke. Es ist weiß und verheißungsvoll, denn dahinter muss ja der Himmel mit den Wolken sein. Das Kind legt sich aufs Stroh, um hinauf sehen zu können. Manchmal dringt eine einzelne Schneeflocke durch das Loch hindurch und fällt mit einer leisen Berührung auf das Gesicht des Kindes. Es ist, als sagte etwas „Guten Tag" zum Kind und es merkt zu seinem Schrecken, wie gut es diesen Wunsch gebrauchen kann.

Draußen sind Schüsse zu hören, dann der hohe Diskant von Menschenstimmen, die in Not sind. Das Quietschen der Bremsen lässt die Menschen aus ihrer Lethargie auffahren. Sie purzeln durch die Bremskraft übereinander und rappeln sich hoch. Der Zug steht und die Waggontür wird aufgezogen. Drei Menschen drängen ins Innere, vermutlich eine Familie aus Vater, Mutter und Kind. Sie keuchen und schnappen nach Luft wie nach einem Langstreckenlauf. Die zwei Erwachsenen tragen etwas zwischen sich, was sich als ein etwa zehnjähriges Mädchen entpuppt, das aufs Stroh gebettet wird. Es wimmert und stöhnt, heult immer wieder auf und klammert sich angstvoll an die Mutter. Der Zug setzt sich wieder in Bewegung, die Schüsse draußen entfernen sich.

Ein allgemeines Zusammenrücken beginnt. Die gewohnten Plätze werden neu geordnet, Stroh wird abgegeben, damit die neue Familie nicht auf dem blanken Waggonboden liegen muss. Der männliche Neuankömmling berichtet keuchend, dass sie zu Fuß auf der Flucht vor Russen seien. In ihm hätten sie wohl einen Partisanen vermutet und „Stoij!" geschrien. Aber er wüsste ja, wie man mit solchen Verdächtigen umginge. Zu dritt, mit Frau und Tochter, seien sie losgerannt mit nichts in der Hand, als was sie am Leibe trügen. Ihre wenigen Habseligkeiten lägen irgendwo auf dem Weg, zurückgelassen, damit sie schneller rennen könnten.

Dann haben die Russen geschossen und das kleine Mädchen getroffen. Gerade noch bis zu der Bahnlinie hätten sie es geschafft, wo der Lokführer geistesgegenwärtig die Situation erkannt haben muss und die Flüchtenden in Sicherheit genommen hat. Das Mädchen jammert vor sich hin, weint unaufhörlich. Es scheint schlimme Schmerzen zu haben. Die Mutter hält es im Arm, versucht es zu beschwichtigen.

Aus dem Wagen meldet sich eine Stimme: „Ich bin Arzt! Kann ich helfen?" Ein Mann robbt zum verletzten Kind und untersucht die Wunde am angeschossenen Bein. Aus seinem Gepäck holt er ein Hemd, das er in Stücke reißt und als Verband um die Beine wickelt. Er flößt der Verletzten etwas ein, woraufhin sie ruhiger wird und nur noch leise wimmert.

Im Güterwagen ist es still geworden. Das Kind meint das Herzklopfen von allen Flüchtenden zu hören, die sich aneinander drängen und sich der gegenseitigen Nähe vergewissern. Niemand spricht darüber, dass die Gefahr der Russen so handgreiflich nahe ist. Sie wissen nicht, dass der Zug auf Nebenstrecken geleitet wird, um den Soldatentransporten die Hauptstrecken frei zu halten. Sie fahren Richtung Danzig, wo nach Dirschau die Abzweigung „ins Reichsinnere" gelingen und die Nähe der Kriegsfront verlassen werden soll.

Der Arzt hat nicht nur die Neuankömmlinge im Blick. Er spürt auch die Angst und das Grauen im Wagen. Er holt aus seinem Gepäck etwas wie ein kleines Wagenrad hervor, das sich als ein Käselaib entpuppt. Auch ein riesiges Messer und ein großes Glas Marmelade erscheinen auf dem Strohboden. Er lädt alle ein, sich zu stärken. Er schneidet Scheiben vom Wagenrad-Käse ab, bestreicht sie mit Marmelade und reicht sie in die Runde. Jeder bekommt ein Stück, selbst das Kind verzehrt die ungewohnte Speise mit Genuss. Wer will, bekommt auch ein zweites Stück. Dann macht eine

Schnapsflasche die Runde, aus der, wer möchte, einen Schluck nehmen kann. Es riecht im Wagen wie bei den fortgeschrittenen Geburtstagsfeiern daheim, wo Wodka oder Slibowitz die Zungen lösten.

Auch hier beginnen Gespräche, man verfällt ins vertraute Du und erzählt sich von seinem Woher, von den Zurückgelassenen, vom Unbegreiflichen der Zeitgeschichte. Nur über die Vergangenheit wird gesprochen, über die Zukunft wagt niemand zu reden.

Das Kind empfindet die Verwandlung der schrecklichen Stunden wie ein Geschenk. Es schleicht sich fast etwas wie Freude ein. Das Licht im Wagen scheint heller geworden zu sein, obwohl es doch auf den Abend zugeht. Viele Jahre später wird sich bei manchen Eucharistiefeiern das Bild dieser Eisenbahngemeinschaft einstellen und ihm bewusst machen, was es hier erlebt hat: eine communio sanctorum, eine „Gemeinschaft der Heiligen".

11 Zwischenfall

Nach endlos vielen Stunden, Tagen, Nächten hält der Güterzug. Ist es wieder ein Halt, um einen

Lazarettzug vorbeifahren zu lassen oder sind sie an einem Endpunkt angekommen? Die Wagenschiebetür wird aufgezogen und eine Frauenstimme ruft: „Essenausgabe auf Gleis vier" Alle spitzen die Ohren. Einige schauen hinaus und bestätigen, dass sich Scharen von Leuten auf den Weg machen, um etwas zu essen zu holen.

Nach kurzer Beratung entscheiden sich Mutter und der Bruder, für die Familie anzustehen. Vater bleibt mit den Mädchen im Zug, verteidigt den Platz, bewacht die Schlitten mit den wenigen Habseligkeiten. Kalte Februarluft dringt durch die Öffnungen. Die Sonne scheint hell und es verbreitet sich etwas wie Vorfreude auf ein erstes warmes Essen nach längerer Zeit. Die Ersten kommen bereits mit dampfenden Blecheimerchen zurück und rufen schon von weitem: „Graupensuppe!" Das ist nicht unbedingt die Leibspeise des Kindes, aber es hat bereits gelernt, auch mit wenig Geliebtem zufrieden zu sein.

Da, was ist das? Der Zug setzt sich in Bewegung, rollt durch den Bahnhof, vorbei an Gleis vier, wo Mutter und Bruder je ein Essgeschirr-Eimerchen in den Händen halten. Vater und die Mädchen schreien in blankem Entsetzen. Das Kind will aus dem Zug springen, aber es wird fest gehalten. Es sieht, wie auch der Bruder und die Mutter hinter dem Zug her zu rennen anfangen. Sie fuchteln mit dem freien Arm und brüllen, was die Lunge hergibt. Nur das nicht, getrennt werden! Unerbittlich rollt der Zug weiter. Vater und Schwester stehen nun stocksteif da, wie erstarrt, die Augen vor Schreck geweitet.

Endlich ein erlösendes Quietschen der Bremsen, dann ein langsames Rückwärtsfahren auf ein hinteres Gleis. Der Zug wird nur rangiert, um wichtigeren Zügen freie Fahrt zu gewähren. Er steht nun am hinteren Ende des Bahnhofs. Vater und die Mädchen schreien und winken, bis auch Mutter und Bruder sie entdeckt haben und quer über die Gleise herüber laufen. Sie werden in den Waggon gezogen. Laut heulend umarmen sie sich. Alle fünf zittern und beben so, dass die Zähne aufeinander schlagen. Sie versprechen sich, nie mehr einen Alleingang zu wagen. Lieber hungern, als sich verlieren!

Die Graupensuppe ist fast kalt geworden, die Töpfe sind nur noch halb voll vom Lauf. Aber die Familie isst jeden Löffel voll mit einem tiefen Gefühl der Dankbarkeit. Ist es der Schreck, ist es die ungewohnte Kost, dass der Bruder Durchfall bekommt und Not leidet im Güterzug? Auch das Kind liegt mit Bauchweh auf dem Bettsack und die Mutter bekommt wieder Gallenschmerzen. Doch

Gott sei Dank, der Zug fährt weiter und kommt am Abend in Stargard an.

12 Stargard

Der Zug rollt in den Bahnhof von Stargard ein. Das lang gezogene Quietschen der Bremsen verspricht einen Halt. „Alles aussteigen! Der Zug endet hier!". - „Wieso hier? " - „Die Waggons werden für den Transport von Verwundeten und Kriegsgefangenen gebraucht". Es ist stockdunkel. Die Nacht ist schon lange angebrochen. Eisige Kälte lässt die steifen Glieder aufs Neue erstarren.

Die Eltern bekommen von einer Rote-Kreuz-Schwester einen Zettel in die Hand gedrückt. Ein Rechtsanwalts-Ehepaar muss die Familie aufnehmen. Die Familie macht sich auf den Weg vom Bahnhof in die beschriebene Richtung. Die Mutter hat Gallenschmerzen. Der Vater hält sich den wunden Bauch. Der große Bruder legt sich die zwei Gurte der Schlitten um den Leib und zieht mit aller Kraft. Das Kind und die Schwester trotten mit durch die Nacht. Pummelchen im Arm ist der einzige Trost. Gut, dass es diesen verlässlichen Begleiter gibt. Das Kind hört das Knirschen der Schlittenkufen auf dem Schnee, das Keuchen des Bruders, das unterdrückte Stöhnen der Mutter. Der

Atem stößt dicke Nebelschwaden aus dem Mund, gefriert am Schal, verwandelt sich in spitze Eiskristalle. Der Frost kneift die Backen und die Stirn. Die Füße sind so kalt, dass sie schmerzen. Selbst der Mond kann das Wehtun tief unter der Kleidung nicht vertreiben. Er blickt mitleidslos in das aufschauende Kindergesicht. Das Kind will Sterne suchen, irgend etwas da oben sehen nach dem tagelangen Anstarren der braun-rostigen Waggondecke. „Schlafmütze, los!" Der Bruder scheucht sie weiter. Mit seinen elfeinhalb Jahren trägt er die Hauptlast. Ihm muss man gehorchen. Endlos scheint der Weg durch die Nacht.

Da, endlich! Das hoch herrschaftliche Haus muss es sein. Frauen aus hellem Stein tragen einen spitzen Giebel, dazwischen die breite Treppe mit der Haustür. Alles ist dunkel. Der Türklopfer schallt durch die Nacht. Nichts regt sich, niemand öffnet. Mit bangen Gesichtern postiert sich die Familie vor das Haus.

Lauthals ertönt ein „Herr Rechtsanwalt!", fünfkehlig schwillt es an. Auch das Kind brüllt mit. Es tut gut, so laut zu schreien. Es ist, als wollte etwas Hartes tief innen herausspringen. Es kann nicht genug davon haben, bis ihm der Bruder derb an die Mütze boxt.

Die große Tür wird geöffnet und eine stille Frau macht eine einladende Geste. Sehr erfreut scheint sie nicht zu sein über die ungebetenen Gäste. Der Familie wird ein Doppelbett zugewiesen und in einem anderen Zimmer ein halbrundes Biedermeiersofa „für die Kleine!" Das Kind erstarrt. Allein in einem fremden Raum in einer fremden Wohnung! Das werden die Eltern nicht zulassen. Es gehört zu den anderen. Niemand hat Zeit für die Nöte des Kindes. Man ist so froh, nach der langen Zeit im Güterwagen endlich eine richtige saubere Toilette zu haben und warmes Wasser. Die Frau legt Handtücher hin und warme Zudecken. Das Kind wird auf das Sofa verfrachtet, die Eltern und Geschwister legen sich todmüde aber glücklich zu viert in das Doppelbett. Endlich Wärme spüren, endlich die krummen Glieder ausstrecken, endlich ein Dach über dem Kopf.

Aber das Kind kann es nicht fassen, dass es allein in einem beängstigenden Raum sein soll und ruft nach der Mutter. Die Mutter hat sich ein Handtuch auf die schmerzende Galle gelegt und ist zu schlapp zum Aufstehen. Der große Bruder gebietet Ruhe, dann ist er eingeschlafen. Die große Schwester kuschelt sich an ihn. Das Kind bettelt weiter, fleht, jammert. Es wird sich ganz dünn machen, wenn es nur im selben Zimmer sein darf. Es traut sich nicht, allein durch die dunkle

Wohnung ins andere Zimmer zu gehen und bittet, dass man es holen möge. Schriller und gellender wird die Stimme. Es sieht schwarze Tiere mit glühenden Augen lauern und bekommt kaum noch Luft. Endlich kommt der Vater, zieht das Kind vom Sofa, legt es übers Knie und schlägt zu. Immer wieder der brennende Schmerz auf dem Hinterteil. Dann ist Ruhe.

Das Kind weiß nicht, wie es eingeschlafen ist. Das Kopfkissen war am anderen Morgen unangenehm nass. Es ist, als sei ein Film gerissen und nur ein tiefschwarzes Loch geblieben, das immer wieder unvermutet mit gespenstischer Sogkraft am Kind zerrt.

Am nächsten Morgen bringt die stille Frau Brot, Milch und Malzkaffee, was von der Familie dankbar verzehrt wird. Dann heißt es wieder weiter ziehen, um doch noch die „Wilhelm Gustloff" zu erreichen. Da hören sie entsetzt, dass das Schiff torpediert wurde und gesunken ist. Was nun? Wären sie früher in Gotenhafen gewesen, wären sie auch auf dem Schiff gewesen. Wer von der Großfamilie wurde mit in den Tod gerissen?

Vater darf vom Telefon des Rechtsanwalts nach Hamburg zu seinem Bruder telefonieren, der vereinbarten Informationsstelle für die Familien.

Vater erfährt, dass sich die Oma des Kindes und ihre zwei Töchter gemeldet hätten. Der Lazarettzug, mit dem sie mitgefahren seien, ist in Kühlungsborn an der Ostsee angekommen und sie seien dort in Sicherheit.

Vater erfährt auch Einzelheiten über den Untergang der „Wilhelm Gustloff". Statt der zugelassenen eintausendfünfhundert Personen seien etwa zehntausend Menschen an Bord gewesen. Der als Kreuzfahrtschiff gebaute Luxusliner war als Lazarettschiff umfunktioniert worden und verfügte über eine voll ausgebaute Krankenstation. Er hatte zum Zeitpunkt des Untergangs an diesem 31. Januar 1945 neben unzähligen Verwundeten auch viele Schwangere, Kranke und Kinder geladen. Sämtliche zehn Stockwerke waren von Flüchtlingen belegt gewesen. In Gotenhafen seien in diesen Januartagen hundertzwanzigtausend Menschen angekommen. Wer auf die Schiffe gelangen wollte, musste Pferdefuhrwerke und großes Gepäck dort zurück lassen. Es hätten chaotische Zustände im Hafen geherrscht, deshalb seien Züge gar nicht erst in die Nähe gefahren.

Nun hat die Familie also ein anderes Ziel, nicht das Ausland sondern das Zusammentreffen mit Mutters Mutter und Schwestern in Mecklenburg.

13 Geburtstagsvisionen

Am nächsten Morgen stehen sie wieder auf dem Bahnsteig und warten auf einen Zug Richtung Ostsee. Wieder ist es ein Güterzug mit nicht mehr sauberem Stroh auf dem Boden, nicht zu beheizen, ohne Fenster. Nur kleine Sehschlitze zeigen, ob es draußen dunkel oder hell ist. Aber wenigstens geht es weiter, mit langen Pausen, mit endlosen Halten auf freiem Feld. Drinnen ist es durch die vielen Menschen wärmer als draußen. Ab und zu reichen Rote-Kreuz-Schwestern Esswaren in den Zug. Trotzdem knurrt der Magen. An Zuhause darf man eigentlich nicht denken, denn nasse Wangen frieren mehr.

Das Kind auf seiner Strohschütte im Güterzug will aber an etwas Schönes denken. Gibt es etwas Schöneres als den eigenen Geburtstag? Ist Weihnachten vorbei, beginnt nämlich schon das Sichfreuen. Es ist nicht so sehr das frohe Bangen, ob das Wunschgeschenk auf dem Gabentisch liegen wird. Nein, es ist die Freude, einen ganzen Tag lang die Hautperson zu sein, das Prinzesschen! Der Bruder verhunzt zwar diese elfenhafte Vorstellung mit dem hämischen Hänseln: „Festochse!" Mit dem mag das Kind sich natürlich überhaupt nicht vergleichen. Es freut sich auf das Begrüßungsritual am Morgen, wenn sich Mutter ans Klavier setzt und alle den Choral „Lobe den Herren, den mächtigen König der Ehren" singen. Das Kind wundert sich, warum die Mutter immer nasse Augen dabei bekommt. Ob sie an den Vater denkt, der noch nie am Geburtstag des Kindes dabei sein konnte, weil er in einer grauen Uniform und mit einem komischen Schiffchen auf dem Kopf „eingezogen" wurde? Es folgt das Lieblingslied des Geburtstagskindes. Das Kind weiß genau, was es sein wird: „Weil ich Jesu Schäflein bin..." Das fühlt sich so schön kuschelig an und gibt so viel Sicherheit.

Der Nachmittag bringt dann trubelige Geselligkeit. Vaters und Mutters je sieben Geschwister mit ihren Familien sprengen die Möglichkeiten der Bewirtung in der Wohnung. So trifft man sich immer zum fröhlichen Familienfest bei den väterlichen Großeltern. Hier gibt es eine „gute Stube", einen großen Raum mit riesigen Tischen und vielen Stühlen. Da der Großvater Armenpfleger ist, sitzen hier für gewöhnlich Scharen von Notleidenden, die von der Oma zur Mittagszeit zumindest mit kräftiger Suppe und selbst gebackenem Brot verköstigt werden. Das Kind mag den Geruch nach „arme Leute" nicht, der trotz frischen Lüftens im Raum hängt. Aber das fällt an einem Festtag nicht ins Gewicht.

Mutter wird wieder den Einspänner bestellen und wie gewohnt eigenhändig mit den Kindern durch den Stadtpark zu den Großeltern kutschieren. Da der Geburtstag in einen Wintermonat fällt, stehen auch immer viele Pferdeschlitten im Hof, mit denen die Feiernden aus den ferneren Gebieten angereist kommen. Die Pferde werden mit Hafersäcken und Felldecken versorgt, während die hungrigen Gäste ins Haus strömen und die vielen Kinder sich um die Kindertische versammeln.

Vielleicht ist Großvater so gut aufgelegt, dass er sein Handäffchen hervorholt und mit seiner Bauchstimme lustige Verse und Geschichten zum Besten gibt. Scharaden werden aufgeführt und viele „Couplets" vorgetragen. Das sich stets wiederholende Repertoire kann auch das Kind schon unhörbar auswendig mitsprechen und es wird zu einem lebenslänglichen „Familienbesitz". Nach Kakao, Kaffee und Kuchen und einem deftigen Schmaus mit selbst gemachter Wurst und Schinken wird von allen gemeinsam zum Abschluss des Tages das Abendlied gesungen, das die Familien zufrieden heim ziehen lässt. Das Wissen, dass man in einer stabilen Gemeinschaft lebt, legt sich wie ein wärmendes Tuch über die Zusammengehörenden.

Das Kind erschrickt: Man darf doch nicht an zuhause denken! Es hat für ein paar Momente vergessen, dass alles anders geworden ist. Die Familie ist heimatlos. Der liebe Gott hat das inständige Gebet bis jetzt nicht erhört und der Zug ist nicht umgekehrt nach Marienburg. Es ist nicht eingetreten, was die Mutter gebetsmühlenartig wiederholt hat: „Bald sind wir wieder zuhause."

14 Der fünfte Geburtstag

Der Zug bleibt wieder einmal an irgendeinem kleinen Bahnhof stehen und kann nicht weiter fahren. Entweder sind die Bahngleise zerstört oder die Waggons werden für Landser und Verwundete gebraucht. Wieder heißt es: „Alles aussteigen!". Einheimische Familien müssen die Flüchtlinge aufnehmen, die Notunterkünfte sind überfüllt, Schiffe nach dem nahen Dänemark oder Schweden werden torpediert – heißt es, genau so wie die „Wilhelm Gustloff" mit ihren neuntausend Toten.

Das Kind wacht an seinem fünften Geburtstag in einer fremden Umgebung auf. Die Familie ist in einem noblen Haus einquartiert, das vollständig eingerichtet „leer steht". Eine Haushälterin verwaltet das Anwesen und hat den Flüchtlingen die Betten zugewiesen. Ob die Besitzer geflohen sind, evakuiert oder zwangsweise „ausgesiedelt" wurden? Vater und Mutter schauen sich mit vielsagenden Blicken an. Ob mit ihrer eigenen Wohnung in Marienburg etwas Ähnliches passiert wie anscheinend hier? Für eine Nacht haben sie wieder ein weiches sauberes Bett. Bald heißt es erneut weiterziehen.

Aber nun ist ja erst einmal der Geburtstag des Kindes. Die Eltern und Geschwister stehen beim Aufwachen schon bereit und stimmen mit zittrigen Stimmen ein Loblied an. Das Kind wird umarmt und beglückwünscht. Nirgends ein Gabentisch, nirgends ein Geschenk, keine Kerzen, kein Kuchen. „Das schönste Geschenk ist, dass wir alle zusammen sind", sagt die Mutter tapfer. Das Kind schluckt.

Nach vielen trübsinnigen Minuten - oder sind es Stunden? - zieht wundersamer Duft durch das Haus. Wie aus einer anderen Welt streift süßer Karamellduft die Nasen und lässt das Heimweh aufflammen. Ja, so hat es geduftet, wenn die Oma Karamellen gezaubert hat aus Sahne, Butter und viel Zucker, früher, in einer anderen Zeit, die endlos weit zurück liegt und doch erst drei Wochen alt ist.

Da öffnet sich die Tür und die Haushälterin tritt ein. Sie geht auf das Geburtstagskind zu, schüttelt ihm in großer Herzlichkeit die Hand und überreicht ihm einen Teller voll hellbrauner, selbst gekochter, köstlich duftender Sahnebonbons. In die andere Hand klemmt sie ein Bilderbuch. „Zwar schon etwas zerlesen", murmelt sie, „vom Sohn des Hauses. Er ist in England, rechtzeitig in Sicherheit gebracht! Seine Eltern wurden abgeholt."

Das Kind strahlt die Frau an, kann kein Wort heraus bringen, zu groß ist die Überraschung. Es schaut ungläubig auf. Das soll ihm gehören? Es versinkt förmlich in den gütigen Augen der Frau, die sich langsam mit Tränen füllen. Das Kind legt die Geschenke behutsam auf den Boden und fliegt in die Arme der Wohltäterin. Alle Scheu ist überwunden. Erst jetzt kann es flüstern: „Danke! Danke!"

Auch Mutter laufen die Tränen über die Wangen, während Vater langsam auf die Frau zugeht und ihr wortlosbewegt die Hand schüttelt. Das Kind ist auf einmal der reichste Mensch der Welt. Nicht das schönste Geschenk seines Lebens wird je an den Glanz dieser Gaben heranreichen. Das Bilderbuch passt zur Familiensituation und heißt: „Die fünf Schreckensteiner". Zu den lustigen Bildgeschichten braucht das Kind keine Vorleser. Nun kann es sich stundenlang mit den fünf liebenswerten Gesellen beschäftigen, die um Mitternacht für eine Stunde lebendig werden zu pfiffigen Abenteuern. Eine lustige Traumwelt, eine heile Welt tut sich auf. Das Buch wird die lange Reise des Kindes von nun an teilen und sein kostbarster Besitz sein.

Weniger langlebig sind die Sahnebonbons. Bruder und Schwester sind auf einmal bereit, die kleine Schwester bei ihren Kartenspielen zu beteiligen. Es gibt allerdings eine Bedingung: Nur gegen Eintrittsgeld in Form von Karamellen. Das Kind ist überglücklich. Nun darf es bei den Geschwistern sitzen und deren abgelegte Karten halten. Dafür wandert Bonbon für Bonbon in den Mund von Bruder und Schwester, bis das Spiel aus ist und der Teller leer.

15 Im Schlafbunker

Das Kind ist selig mit dem geschenkten Schreckensteinerbuch. Es zeigt Pummelchen die Bilder und vergisst über den lustigen Geschichten für eine Weile das äußere Elend. Es vergisst, dass die Familie nun sehr beengt in einem weiteren Güterzug hockt, sie sich zu fünft auf zwei Schlitten einzwängen muss, viele fremde Menschen mit ihnen darauf bedacht sind, weiter zu kommen und rücksichtslos mögliche Vorteile zu ergattern versuchen. Die Gemeinschaft der ersten Waggons ist einer überlebensgierigen Horde entwurzelter, verzweifelter, entnervter Flüchtlinge gewichen. Einziger Hoffnungsschimmer ist, dass die Fahrt nur noch bis Stettin gehen soll. Von dort aus gibt es verschiedene Weiterwege: eine Route führt Richtung Ostsee nach Swinemünde, die andere nach Berlin. Günstig wäre ein Vorwärtskommen Richtung Greifswald, Stralsund, Rostock, von wo aus es nur wenige Kilometer nach Kühlungsborn wären. Doch die Familie wird dem Auffanglager Friedland zugewiesen.

Das Weiterkommen geschieht schleppend. Immer wieder hält der Güterzug auf einem Nebengleis, wartet bis Soldatentransporte Richtung Berlin vorbei rauschen, wo eine Großdefensive vorbereitet wird, oder bis Lazarettzüge den Flüchtlingszug überholt haben.

Endlich ist Stettin erreicht. In einem endlosen Treck schiebt sich die Familie zu einer Sammelstelle, von wo aus es in den nächsten Tagen nach Friedland weiter gehen soll. Dicht an dicht stehen die Menschen und warten, bis ihnen eine Schlafstelle zugewiesen und ein notdürftiges Essenspaket gereicht wird. Dann folgt man dem

Pulk in einen Bunker, wo Notunterkünfte eingerichtet sind. Das Kind ist eingezwängt zwischen den großen Menschen und bekommt kaum Luft. Der Bruder keucht schwer, denn der Schnee ist getaut und die Kufen der Schlitten kratzen auf dem Asphalt.

Endlich ist man am Eingang angelangt. Ein fensterloser Bau verschluckt die Menschen. Es riecht muffig und modrig darin. Über enge Treppen geht es zu engen Kabuffs, wo dreistöckige Eisenbetten übereinander Platz für jeweils eine größere Gruppe Ruhesuchender bieten. Da es bereits später Abend ist, fallen alle todmüde auf die Kabockmatratzen. Sie haben zu fünft vier Matratzen bekommen. Das Kind schläft mit der Schwester, wenigstens ist es nicht allein. Es hält sich Pummelchen vor die Nase, um nicht den Schimmelgeruch einatmen zu müssen. Noch brennt eine funzelige Glühbirne von der Decke, die laut Ankündigung um zweiundzwanzig Uhr gelöscht wird.

Die ungewohnte Umgebung hat das Kind verwirrt. Es dreht sich ruhelos hin und her und hofft auf den Schlaf. Seit der nächtlichen Strafaktion wagt es nicht mehr, seine Angst laut werden zu lassen. Es hechelt und schnupft. Da wird das Licht gelöscht und es ist stockfinster. Keine Fensterhöhlung, keine geöffnete Tür. Eine winzige Notbeleuchtung ist eine einzige Andeutung von Licht. Man muss die Augen offen halten, um die Dunkelheit zu vergessen. Kalter Schweiß kriecht dem Kind über den Rücken. Die Atmung setzt immer wieder aus, es zieht gierig die Luft ein. Es drängt sich fest an die Schwester, die bereits schläft. Die Dunkelheit liegt wie eine bleischwere Decke auf ihr. Nur die Wärme der Schwester vertreibt ein wenig das Gefühl, in einem Sarg zu liegen.

Gottlob nimmt jede Nacht ein Ende. Auch die Eltern und die Geschwister sind heilfroh, als sie mit ihrem Gepäckschlitten wieder auf der Straße im klaren Frostwinter stehen. Alle sind fest entschlossen, nicht noch einmal eine Sammelunterkunft aufzusuchen. Sie wollen sich auf eigene Faust nach Kühlungsborn durchschlagen.

16 Angebrannter Brei

Zuerst einmal aber muss das Knurren des Magens beruhigt werden. Auf dem Weg in die Stadt kommen sie an einem Hotel vorbei, aus dessen Hinterhof heftiges Geschrei ertönt. Ein Koch schimpft einen Jungen aus, der einen Topf in Händen hält, aus dem schwarze Schwaden heraus ziehen. Vermutlich ist ihm das Essen angebrannt und er ist im Begriff, das Verdorbene im Mülleimer zu entsorgen. Der Vater eilt geistesgegenwärtig zu ihm hin und bittet um den Topf. Die Blechlöffel werden aus dem Sack geholt und gierig löffelt die Familie den angebrannten Pudding reihum in sich hinein. Nur das Kind bringt keinen Löffel voll von dem bitteren Zeug herunter. Es würgt und übergibt sich. Mutter ist böse, denn alle sind nun einigermaßen satt, nur das Kind hat nichts gegessen. Auch das Kind ist traurig, dass es der Mutter solchen Kummer macht. Der Hunger der nächsten Stunden ist nicht so schlimm wie das nagende Gefühl, ein böses Mädchen zu sein.

Da der Vater wieder zu seiner Kompanie beordert wird, versucht er, die Familie möglichst weit „ins Reich" mit hinein zu nehmen. Zum Teil gelingt das, denn die Familie darf heimlich mit ihm in einer Kaserne übernachten, weil der Bruder „schlapp" gemacht hat. Die übergroßen Anstrengungen hat sein junger Körper nicht verkraftet und er bekommt so heftige Ischias-Anfälle, dass er sich nicht mehr bewegen kann. Das bedeutet einen Stopp für die ganze Familie. Vater tritt ihm sein eisernes Bett ab und legt sich zur Familie auf den Boden. Die Zwangspause tut dem Bruder gut. Er bekommt Einreibungen, die die Schmerzen lindern. Ein mitleidiger Koch, mit dem Vater sich angefreundet hat, überrascht die Gestrandeten mit einer ganzen Salamiwurst. Welch ein Ereignis! Andachtsvoll wird die duftende Kostbarkeit in dünne Scheiben geschnitten und auf Brot gelegt, das aus der Kantine einen heimlichen Weg zur Familie gefunden hat. Dem Himmel sei Dank!

17 In Kühlungsborn angekommen

Schließlich gelingt die Weiterfahrt nach Rostock und über Doberan mit dem gemütlichen Oldtimerzug „Molli" nach Kühlungsborn. Vater bleibt bei seiner Kompagnie und Mutter reist mit den Kindern allein die letzte Strecke. Der Bruder ist ja als männlicher Beschützer dabei.

Wie im Traum tuckert die Familie durch brach liegende Äcker und die friedliche Küstenlandschaft mit seinen Steilufern, vorbei an Heiligendamm, wo Prachtbauten der „weißen Stadt am Meer" ein vornehmes Flair verleihen und den Zeitlauf wie eine unmögliche Wirklichkeit erscheinen lassen. Ist die Zeit hier stehen geblieben? Eine tobende Ostsee bietet ein erstes Schauspiel. Kleine Kiefernwälder schirmen immer wieder den Blick zum Meer hin ab. Das Kind sieht intakte Häuser und Bauernhöfe. Auch die Bahnstrecke ist bis jetzt heil geblieben.

Quietschend und fauchend hält die Bimmelbahn am beschaulichen Bahnhof des Badeortes. Eine Allee aus Rotdornbäumen weist den Weg zur Strandstraße, wo die geliebte Oma und die Tanten Hete und Gertrud warten und ein tränenreiches, bewegendes Wiedersehen gefeiert wird. Die Familie kann eine abenteuerliche Fahrt über Hunderte von Kilometern abschließen und sich für den Augenblick in Sicherheit wähnen. Man hört verbotene Schreckensmeldungen von der Front, vom heiß umkämpften Berlin, von vorrückenden Russen. Dorthin wird Vater beordert. Mögen Engel ihn beschützen! Aus den offiziellen Lautsprechern brüllt eine heisere Kommandostimme den nahen „Endsieg" aus. Für das Kind zählt allein, dass es ein Dach über dem Kopf hat und die geliebte Oma mit den Tanten in Reichweite ist.

18 Leben in Kühlungsborn

Die Gefahr ist also zunächst einmal gebannt: das Kind und seine Familie haben eine Bleibe gefunden. Die Pension „Germania" im Landhausstil nimmt die Familie auf. Es gibt ein Zimmer mit sauberen Betten, ein Etagenbad mit dem Luxus einer Badewanne und – o Wunder – eine Toilette mit Spülung. Im Garten darf gespielt werden und der Kiefernwald ist in der Nähe. Noch ist die

Ostsee ein ungemütliches Stück Natur, aber der weiche Sand und die würzige Luft verheißen Freude und Glück. Bald wird das Kind bei jedem Wetter morgens kurz ins Meer tauchen. Wer zwanzig Grad Frost im Güterzug übersteht, kann auch mit dreizehn Grad kaltem Ostseewasser fertig werden.

Das Schönste und Beglückendste aber ist die Nähe der geliebten Großmutter und der zwei Tanten, den Schwestern der Mutter, denen schon in der Heimat Vertrauen, Liebe und Bewunderung gegolten hatten. Tuta, wie das Kind die Tante Gertrud liebevoll nennt, ist die Krankenschwester und hatte den Verwundetentransport von der Front zu betreuen. Sie hatte es fertig gebracht, ihre Mutter und ihre Schwester im selben Lazarettzug unterzubringen und sicher an die Ostsee zu leiten. Kühlungsborn, der Endpunkt dieses Zuges, ist nun zum Sammelpunkt geworden. Jetzt arbeitet die Tante am Krankenhaus, in dem die Kriegsversehrten untergebracht sind. Die andere Tante Hedwig, Hete genannt, ist Kirchenmusikerin und zur Zeit arbeitslos. Sie wird sich in der Kirche engagieren. Oma verströmt grenzenloses Geborgenheitsgefühl. Bei ihr kann sich das Kind sicher und beschützt fühlen. Die drei wohnen vorübergehend in einem Privathaus ein paar Häuser entfernt und man kann wie in Marienburg schnell mal hinüber schlüpfen.

Jeden Abend versammelt sich die Mutter mit den drei Kindern im Zimmer der Oma und sie erwarten die Tante, die aus dem Lazarett kommt, mit Sehnsucht, denn sie bringt Köstlichkeiten mit: Brot, das die Patienten nicht gegessen haben. Andächtig sitzen die sieben Personen um den Tisch herum und Brotstücke werden ausgelegt. Jeder bekommt gleich viel. Nur der Bruder protestiert, dass die Mädchen genau so viel bekommen sollen wie er als Mann. Man einigt sich auf Sonderrationen je nach Körpergröße. Das trockene Brot wird mit Hingabe gekaut und genossen. Nie im Leben hat irgend etwas besser geschmeckt als dieses kostbare Backwerk. Manchmal holt das Kind mit der Schwester zusammen die Tante am Krankenhaus ab und es gibt eine heimliche Brotrinde auf den Weg. Der Genuss verbindet sich mit dem leichten Lysolgeruch, der an der blau-weißen Dienstkleidung der Tante haftet.

Äußerste Gerechtigkeit ist gefragt, wenn selten genug auch mal Kuchenstücke oder andere spärliche Leckerbissen wie Kekse oder Schokolade dabei sind. Da wird mit Argusaugen gewacht, dass keiner zu kurz kommt. Die Tante bedauert, dass sie keine Briefwaage hätte. Die Oma verzichtet immer wieder auf ihren Anteil; sie sei noch satt. Selig sitzt das Kind vor dem Teller mit kleinen Süßigkeiten. Noch durchschaut es nicht, dass der Bruder gerade in solchen Augenblicken spannende Geschichten zu erzählen anfängt. Es wundert sich bloß, dass er trotz vollem Mund sprechen kann, bis es merkt, dass sein eigener Teller fast leer ist. Man muss also höllisch aufpassen, dass die Kostbarkeiten keine Flügel bekommen.

Unweigerlich kommt bei diesen Abendmahl ähnlichen Zusammensein die Frage auf, wann wohl eine Rückkehr in die Heimat möglich sein könnte. Der Vater ist wieder als Funker bei seiner Division und hat über verschwiegene Kanäle von der Möglichkeit einer baldigen Kapitulation berichtet. Er erlebt harte Tage bei der Verteidigung Berlins, wo sämtliche Kriegsgegner aufeinander prallen. Auch die Russen vor Berlin? Was bedeutet das?

Der Bruder bedauert nicht mehr, dass er vom „Kampf für Volk und Vaterland" ausgeschlossen ist. Mutter umarmt ihn und sagt laut: „Gott sei Dank bist du zu jung gewesen für diesen Irrsinn!" Ein dreistimmiges „Pssst!" entfährt Oma und Tanten. So eine Äußerung könne sie „in Teufels Küche" bringen und man wisse ja nicht, ob der Raum nicht Ohren hätte. Gleich mehrere Rätsel auf einmal. Das Kind schaut Decke und Wände an, grübelt, ob die Ohren wohl hinter dem Schrank stecken könnten? Dann ist das Märchen von den „Drei goldenen Haaren" des Teufels und seiner Küche doch Wahrheit? Folglich müsste das mit dem „Fliegenden Teppich" ja auch stimmen! Dem Kind wird ganz heiß bei dem Gedanken, wie sie alle dicht gedrängt – wieder so dicht wie im Güterzug? - auf dem Wunderteppich sitzen und über alles Kriegsgetümmel hinweg nach Hause fliegen, nach Hause zu Kuschelbär, Schaukelpferd und Co. Es seufzt meerestief auf. Omas Finger streicht leicht über die gefurchte Stirn und ein fragender Blick trifft es. Mit zittriger Stimme flüstert das Kind: „Kuschelbär sehnt sich so nach mir!"

19 Kriegsende

Kurze Zeit später – es ist der 8. Mai 1945 - ist der Krieg wirklich zu Ende. Alle fallen sich in die Arme. Bald wird also alles wieder so wie früher sein. Das Kind zieht Pummelchen schon mal vorsorglich reisefertig an. Es bekommt nur ungenau mit, dass das zerstörte Land in Zonen aufgeteilt wird, chaotische Aktionen der Bevölkerung eine Atmosphäre der Angst und des Schreckens verbreiten, Geschäfte geplündert werden. Angst um Versorgung und Sicherheit bricht auf.

Kühlungsborn wird russisch besetzte Zone. Vor den Russen sind sie alle geflohen – nun gibt es kein Entrinnen mehr. Was wird die Zukunft bringen?

Die ersten Lastwagen mit russischen Soldaten rollen durch die friedlichen Straßen. Strenge Verordnungen werden erlassen, Ausgangssperren verhängt. Man hört Schießereien, panische Angst schleicht sich wieder ein, aber auch Erleichterung, dass manche Reichs-Gauführer nichts mehr zu sagen haben. Einer von ihnen hatte den groß gewachsenen, aber doch erst elfeinhalb Jahre alten Bruder auf der Straße barsch angefahren, warum er hier „herumlungere" anstatt dem Vaterland zu dienen. Seine Drohung: „Das hat Konsequenzen" hing dem Bruder wie ein Damoklesschwert im Nacken. Nun kann er aufatmen.

Die mangelnde Aufsicht missbrauchen einige Rowdies, zertrümmern Ladenscheiben, werfen sämtliche Waren auf die Straße. Eine wüste Balgerei um das fremde Eigentum beginnt. Polizei ist keine zu sehen, Gestapomänner haben sich verkrochen. „Das ist Anarchie!" hört das Kind sagen. Das klingt wie „schnarchen", denkt das Kind. Aber es scheint gefährlicher zu sein. Verängstigt verbarrikadiert sich die Familie in Omas Zimmer.

Durch die Straßen patroullieren russische Soldaten, Maschinengewehre vor der Brust. Flüchtlingen würde nichts geschehen, heißt es; aber die Vermögenden werden hart angefasst. Die Lage ist mehr als brenzlig.

20 Begegnung mit Russen I

Das erfährt das Kind ein paar Tage später. Es spielt im Garten der Pension, als ein russischer Kastenwagen vor dem Vorgarten hält und eine Unzahl russischer Soldaten heraus springt. Sie stürmen mit gezogenen Gewehren ins Haus und brüllen unverständliche Worte. Es ist zu spät, ins Haus zu flüchten. Das Kind rennt in panischem Schrecken in die äußerste Gartenecke, kriecht in die dichte Buchsbaumhecke. Das Herz schlägt zum Zerspringen und es ist schrecklich allein. Es betet, was ihm im Schreck so einfällt: „Lieber Gott, mach mich fromm, dass ich in den Himmel komm!" Es sieht die Mutter mit vor Angst geweiteten Augen am Fenster des Dachgeschosses stehen und nach dem Kind Ausschau halten. Sie entdeckt es und bedeutet ihm, sich tiefer zu verstecken und sich ruhig zu verhalten. Das Kind kauert im Gestrüpp und wagt kaum zu atmen.

Im Haus hört man Geschrei, Krachen, zwischendurch Schüsse. Ein Soldat trägt eine Closettschüssel heraus und wirft sie auf die Ladefläche. Weitere Gegenstände folgen. Das Kind sieht, wie alle die bekannten Gegenstände des „Salons" aus dem Haus geschleppt werden. Auch Wasserhähne sind dabei. Mauerstücke an den Rohrenden verraten, dass sie mit Gewalt aus der Wand gerissen wurden.

Da wird der Hauswirt von zwei Soldaten in den Garten geführt. Sie zwingen ihn nieder zu knien und setzen das Gewehr in seinen Nacken. Sie brüllen: „Wo vergraben? Wo?" Dem Mann rinnen Tränen über das Gesicht und er kann nur den Kopf schütteln und die Schultern hochziehen. Einer der Soldaten schießt in die Luft. Der Knall zerreißt fast das Trommelfell des Kindes. Sie holen Eisenstangen aus dem Wagen und durchstechen den Boden des Gartens.

Dicht am Kind vorbei treten Stiefel in Blumenbeete, zertrampeln Blumenrabatten, zerstören Pflanzkübel. Das Kind sieht die Überfallhosen über dem derben Schuhwerk nah vor seinem Gesicht, spürt die Erschütterungen durch die Eisenstangen, riecht den fremden Geruch und betet noch heftiger: „Komm, Herr Jesu, sei unser Gast und segne, was du uns bescheret hast!" Es wagt erst wieder zu atmen, als sich die Beine ein wenig entfernen.

Da, ein metallisches Krachen! Spaten werden geholt, Erde fliegt durch die Luft, der Wirt sinkt zusammen. Die Soldaten befördern eine Metallkiste aus dem Boden und brechen sie auf. Das Kind sieht Silberbesteck, blinkendes Gerät, Schatullen. Vier Mann hieven die Kiste auf den Wagen, schießen in die Luft und rasen davon. Zurück bleiben ein verwüstetes Haus, ein gebrochener Mann und eine weinende Mutter, die ihr Kind überglücklich in die Arme schließt.

Das Kind erfährt nicht, dass ihr Hauswirt am selben Tag noch an einem Herzinfarkt verstorben ist, denn zur gleichen Zeit kommt der Vater aus einer kurzen Kriegsgefangenschaft heim und die Familie ist wieder vereint. Ein Wohnen ist in dem verwüsteten Haus nicht mehr möglich. Wasser rinnt aus den zerstörten Leitungen und ergießt sich über Treppen und Böden. Die Toiletten sind unbenutzbar geworden.

Mit seinen Russischkenntnissen bringt der Vater es fertig, mehrere Zimmer einer Pension zugewiesen zu bekommen, in die die gesamte Großfamilie einziehen kann. Nun wohnt das Kind mit Oma, den Tanten und der eigenen Familie zusammen auf einem Stockwerk. Auch eine weitere Schwester der Mutter bereichert kurze Zeit später mit ihren zwei Kindern die Flüchtlingsgruppe. Als sich auch ihr Mann dazu gesellt, leben zwölf Personen friedlich-schiedlich auf einer Etage zusammen. Es sollte die schönste Zeit des Kindes werden, die auch die Erinnerung an die alte Heimat langsam verblassen läßt.

21 Begegnung mit Russen II

Dass der „Iwan" auch menschliche Seiten zeigen kann, erfährt die Familie bei einem dramatischen Erlebnis. Der Vater hat tatkräftig die Versorgung der Großfamilie übernommen. Tauschgeschäfte – sogenannte „Kompensationen" - florieren. Vater und Bruder haben aus Schrott zwei Fahrräder zusammengebastelt und können nun über Land fahren in die bäuerliche Gegend hinein. Besonders lukrativ erweist sich eine neu entstandene Freundschaft mit einem Käsereibesitzer, dem der Vater behilflich sein konnte.

Eines Abends fährt der Vater auf einer jener Hamstertouren, die offiziell verboten sind, mit einem Käselaib von ebendiesem Käser im Rucksack auf eine russische Streife zu. Geistesgegenwärtig dreht er auf einen Nebenweg ab, bemerkt aber die

Verfolgung durch den Russen. Es gelingt dem Vater, einen Vorsprung zu gewinnen und als erster ins Haus zu gelangen. Er stürmt die Treppen nach oben, schreit die Familie zusammen, heißt die Frauen sich zu verstecken, schiebt den Käselaib unter die Bettdecke des schlafenden Kindes. Da hört man auch schon die Stiefelschritte im Treppenhaus. Die unteren Stockwerke sind noch unbewohnt. So steht der Russe bald vor der Glastüre der Familie und poltert mit Händen und Füßen ans Holz.

Vater öffnet und bedeutet mit Finger auf den Lippen, dass die „Matka" sehr krank sei. Er öffnet Omas Zimmer und zeigt auf das Bett, in das sich die alte Frau, angezogen wie sie ist, geworfen und die Bettdecke bis zum Kinn hochgezogen hat. Der Soldat wirft einen Blick auf das käseweiße Gesicht der stöhnenden Großmutter. Er bekreuzigt sich und geht auf Zehenspitzen aus Zimmer und Wohnung.

Auch das Kind ist wach geworden und kriecht im Nachthemd aus dem Bett. Als man sicher sein kann, dass die Gefahr wirklich vorüber ist, kommen alle nach und nach aus ihren Schlupfwinkeln hervor. Auch Oma „ersteht" zitternd aber glücklich. Noch steht man lauschend, ob wirklich alles still bleibt. Tante Hete fasst sich als Erste, faltet die Hände und betet laut: „Nun danket alle

Gott ..." Alle fallen ein. Mutter schiebt ihren Arm in den des Vaters und schmiegt sich an ihn. Das hätte auch anders ausgehen können. Das Kind fühlt sich wohl und sicher in diesem Kreis und wird immer mehr erkennen, dass in der Dankbarkeit die Wurzel aller Widerstandskraft gegen die Widrigkeiten des Geschicks liegen mag.

Zur Feier der glücklichen Bewahrung wird der Käselaib aus dem Bett des Kindes geholt und feierlich angeschnitten. Jeder bekommt eine dünne Scheibe zum Probieren. Welch ein Luxus mitten in der Hungerzeit! Ein Wermutstropfen bleibt allerdings. Als Vater das rasch zur Seite geworfene Fahrrad einschließen will, ist es unauffindbar. Ob „Russki Soldat" das Vehikel als Entschädigung konfisziert hat? Man wird es nie erfahren.

22 Stromsperre

Die schönste Stunde des Tages beginnt für das Kind in der dunklen Jahreszeit um neunzehn Uhr, denn da beginnt die Stromsperre. Für eine Stunde wird der elektrische Strom abgeschaltet und sämtliches Leben kommt zum Erliegen. Sei es aus Furcht vor zwielichtigen Gestalten, die die dunkle Stunde zu ihren Untaten nützen, sei es aus Zusammengehörigkeitsgefühl: Die Familie rückt nahe zusammen. Es ist die Stunde, in der sich die gesamte Familie im Zimmer der Großmutter versammelt und die Gemeinschaft ganz besonders spürbar wird. Oma sitzt in ihrem Schaukelstuhl, das Kind auf ihrem samtenen Fußschemel zu ihren Füßen oder auf dem Boden daneben. Es lehnt sich an die Beine der Oma an und wird sanft in die Schaukelbewegung hinein genommen. Es ist die Zeit, in der jeder erzählen kann, was ihm auf dem Herzen liegt. Das Kind macht sich noch unsichtbarer als es die Dunkelheit ohnehin tut, um ja nichts von den Erwachsenengesprächen zu verpassen.

Oft schweifen die Gedanken natürlich in die „Heimat". Immer mehr erschütternde Berichte treten zutage. Dem Opa väterlicherseits mussten auf der Flucht die erfrorenen Beine amputiert werden. Er ist an einer Blutvergiftung gestorben und liegt irgendwo begraben. Seine Frau - Oma Marie. - ist in schwere Depressionen verfallen und hat keinen Lebenswillen mehr. Eine Schwester des Vaters, Tante Gerda, hat in einem Güterwagen Zwillinge geboren. Ein Junge ist sofort gestorben, das Mädchen hat schwer behindert überlebt. Die Tante lebt mit ihren anderen drei Kindern und der Oma zusammen in der Nähe von Hannover. Eine ältere Schwester des Vaters, Tante Eva, musste mit ansehen, wie ihre sechszehnjährige Tochter vergewaltig und dann von den Russen verschleppt wurde. Als ihr Vater eingreifen wollte, wurde er erschossen. Die Tante ist vermutlich noch in Marienburg umgekommen. Die männlichen Verwandten sind allesamt in Gefangenschaft oder vermisst. Oma bangt um zwei ihrer Söhne, von denen kein Lebenszeichen zu erhalten ist. Auch die Verwandten, die es auf die „Wilhelm Gustloff" geschafft haben, sind alle bei der Torpedierung des überladenen Schiffes tödlich verunglückt.

In die Tränen hinein spricht irgendeiner: „Ich steh in meines Herren Hand und will drin stehen bleiben..." Die Anderen stimmen ein, denn Choräle gehören zum Marschgepäck der Familie. Viele Strophen werden erst gesprochen, dann gesungen. Tante Hete, die nun wieder den Kirchenchor leitet und auf die Familienstimmen baut, übt schon mal die Alt-, Tenor- und Bassstimmen auswendig ein. So lernt auch das Kind das Singen in Gemeinschaft. Das Bedrückende der Lebenswege und Kriegsgeschicke wird verwandelt in einem „Trotzdem" des Glaubens.

Aber nicht immer verläuft die Stunde traurig, viel öfter bricht die Festfreude der vergangenen Jahre durch. Vater kann unzählige Couplets auswendig und erfreut die Familie mit seinen ausdrucksstarken Rezitationen. Das Kind lernt schnell auswendig und kann schon bald Pummelchen die ergreifenden Balladen und Chansons vortragen. Mit der Schwester zusammen werden Kostproben des Könnens der Oma vorgetragen, die eine dankbare Zuhörerin ist. Besonders schön findet das Kind die Gesellschaftsspiele, die in der Dunkelheit gespielt werden: Teekesselraten, Personenraten, Scharaden, Beruferaten – die Palette reicht weit und scheint alle gleichermaßen zu beglücken.

Der Wunsch des Kindes, dass diese Stunden länger andauern sollen, wird nicht erfüllt. Das Licht kommt wieder und die Zeit zum Schlafengehen ist unweigerlich da. Zuerst kommt der rituelle Clogang mit der Schwester. Da die Toilette ein halbes Stockwerk tiefer angesiedelt ist und wiederholt fremde Gestalten im Treppenhaus gesichtet wurden, dürfen die Kinder nicht allein dorthin gehen. So bewaffnen sich das Kind und die Schwester mit etwas Ähnlichem wie Clopapier und einem Nachttopf und verschwinden gemeinsam auf dem Örtchen. Die Schwester besitzt den „Thron", das Kind den Pot-de-chambre. Sei es aus Angst, sei es aus Fortsetzungsfreude der Stromsperre-Aktionen: laut ertönt aus dem Räumchen zweistimmiges Singen. Das Kind und ihre Schwester trällern, was ihnen in den Sinn kommt. Fällt ihnen nichts mehr ein, erfinden sie ein Quodlibet: jeder singt was ihm Herz und Kopf eingeben, bis das ungeduldige Klopfen an der Clotüre signalisiert, dass auch die anderen Familienmitglieder das Kabinett brauchen.

Nie mehr hat das Kind die befreiende Macht des Gesangs intensiver empfunden als in diesen Sitzungsaugenblicken.

23 Essen in der Nachkriegszeit

Der Vater ist überglücklich, den Krieg unbeschadet überstanden zu haben. Bei ihm liegt die Hauptlast der Verpflegung der Großfamilie. Bis die Lebensmittelkarten für eine Minimalversorgung wirksam werden, versucht er, den Bauern, Gartenbesitzern und glimpflich Davongekommenen Kleinigkeiten abzuluchsen. Da Betteln als unehrenhaft gilt, versucht man noch irgendwie Brauchbares einzutauschen gegen Essbares. Vaters verbindliches Wesen öffnet ihm manche Tür und er arbeitet so gut es geht für Naturalien. Der Aufbau soll ja voran gehen. Da viele Männer in Kriegsgefangenschaft waren oder getötet wurden, ist Vaters geschickte Hand gefragt. Es ist herrlich, wenn er am Abend müde aber mit einem gefüllten Rucksack nach Hause kommt und seine erarbeiteten Schätze ausbreitet.

Allerdings erwartet ihn auch oft Ärger mit dem Schwager. Der Mann von Mutters Schwester kämpft unermüdlich dafür, dass sich auch die Mutter des Kindes an den Hamstertouren beteiligt. Jeder hätte die Pflicht, etwas für den Unterhalt beizusteuern. Ein leuchtendes Beispiel sei seine gute Hilde, die ja sehr erfolgreich hamstern würde. Aber Vater verweigert strikt, dass seine Frau sich an diesem gefährlichen Unternehmen beteiligt.

Hat das Kind also nach dem Krieg nicht gehungert? Es erinnert sich nicht daran. Denn es gibt ja auch die Lazarett-Tante, die die Brotreste aus dem Krankenhaus mitgebracht hat. Dieses trockene Brot scheint dem Kind das schönste Essen überhaupt zu sein. Oder sind es die Umstände, unter denen es verzehrt wird, die Gemeinschaft, die Dankbarkeit, die Zusammengehörigkeit?

Was es sonst noch zu essen gibt? Da sind die Steckrüben, Wrucken genannt, die zu einem schmackhaften Gemüseeintopf verarbeitet werden. Er hält lange satt, auch wenn die Familie die blähende Eigenschaft dieser Knollen als etwas Lästiges empfindet. Hatte irgendeiner Kartoffeln „organisieren" können, ist es ein Festessen, wenn sie im Satz von Malzkaffee, dem „Muckefuck", gebraten werden und eine Farbe aufweisen, als wenn sie in brauner Butter gegart worden wären. Ableger von Tomatenstauden sind aus dem Pfarrhaus gekommen und Oma pflegt sie hingebungsvoll in einem sandigen Gartenstück, das sie der angrenzenden Heide abgetrotzt hat. Um sie auf diesem Salzboden zu gutem Wachstum zu bringen, sammeln die Kinder Pferdeäpfel, die mit Wasser verrührt einen vorzüglichen Dünger ergeben. Es kommt nur stets darauf an, beim Hufschlag eines Pferdes mit Schaufel und Handbesen zur Stelle zu sein, bevor andere Interessenten den Dung wegschnappen.

24 Sirupkochen

Das Markenzeichen der familiären Ernährung aber bleibt ein klebriger zäher Sirup, der in Gemeinschaftsarbeit in tage- und nächtelanger Arbeit gewonnen wird. Dank Vaters Charme und Verbindlichkeit gelingt es, dass Rucksack weise riesige Zuckerrüben ins Haus geschleppt werden und die Arbeiten beginnen können. Wer Sirup will, muss mithelfen. Die Waschküche im Erdgeschoss ist der Aktionsraum. Die Knollen werden im Wasser sauber geschrubbt, dann mit einem scharfen, langstieligen S-Eisen zerteilt und von schwächeren Mitgliedern in immer kleinere Stücke zerhackt. Im gewaltigen, Kohle beheizten Waschkessel müssen die Stücke unter ständigem Rühren solange gekocht werden, bis sich ein süßer Saft bildet, der sich in schwarzen, zähflüssigen Sirup verwandelt. Sirupkochen ist verboten, so muss alles möglichst heimlich in der Nacht geschehen. Immer zwei Personen übernehmen für eine Stunde das Rühren und die Wache.

Da die Waschküche ebenerdig zum Hof hin liegt, wird aus Sicherheitsgründen nur bei Kerzenlicht gekocht. An ein für alle erschreckendes Erlebnis musste das Kind noch lange mit Gruseln denken. Vater und Mutter hatten gerade Schichtdienst, als sich von außen ein Gesicht ans Waschküchenfenster presste. Die starken Backenknochen ließen einen slawischen Menschen vermuten. Sofort wurde die Kerze gelöscht und die Glut im Kessel durch Schließen der Klappe gedrosselt. Eilig flohen die Eltern nach oben in die sichere Wohnung, wo sie zitternd die Erwachsenen weckten um das weitere Vorgehen zu beraten. Nach längerer Zeit schlichen alle in die Waschküche, um gemeinschaftlich der Gefahr ins Auge zu schauen und den Sirup zu retten. Das Kind und seine Schwester wurden der Obhut des Bruders anvertraut. Welch eine Erleichterung, als im Triumphzug die Dosen mit dem fertigen Saft im Morgengrauen hereingetragen wurden. Die Kinder durften den zähen Schaum, der sich am Kesselrand abgesetzt hatte, vom Löffel lecken. Voller Schreck bemerkte das Kind, dass sein erster Wackelzahn verschwunden war und mit dem Sirup den Weg alles Irdischen gegangen sein musste.

25 Hamstern und Lebensmittelkarten

Der Vater ist ein Meister im Hamstern und auch der Bruder wird zur Unterstützung herangezogen. Auf klapprigen Fahrrädern fahren sie zu den umliegenden Höfen und erbitten gegen Dienstleistungen Essbares für die Familie. Da der Vater erfindungsreich „kompensieren" kann, blüht bald ein lebhafter Austausch von Waren. Der Müller bekommmt ein Ferkel gegen Getreide, der Käser Pflanzenableger gegen Buttermilch und Käse. Dabei fällt genügend für den eigenen Bedarf ab. Bei einem Schmied erhält der Vater „Tekse", kleine, sehr begehrte Nägel, die am Familientisch immer in Zwanzigerpäckchen abgepackt werden. Hier lernt das Kind schon früh das Zählen und fühlt sich als wichtiges Mitglied einer Erwerbsgemeinschaft. Gleichzeitig erfährt es den Wert der Lebensmittel: Zwanzig Tekse z.B. bringen zwei Eier ein.

Die Lebensmittelkarten sind allmählich das Gerüst der Familienernährung geworden. Es spricht sich wie ein Lauffeuer herum, wenn endlich Brot zu erstehen ist. Lange Schlangen bilden sich vor dem Bäckerladen und nicht selten muss man Stunden lang anstehen, um das Gewünschte zu bekommen. Um den Warteplatz zu halten, muss auch das Kind „Schlange stehen" . Es weint bitterlich vor Wut und Enttäuschung, wenn rücksichtslose Zeitgenossen sich einfach vordrängen.

26 Im Wald

Schöner ist es da natürlich, wenn es mit der geliebten Oma in den Wald zum Pilze Suchen gehen darf. Auf einem kleinen Leiterwagen stehen allerhand Gefäße, die darauf warten gefüllt zu werden. Mit großem Eifer entdeckt das Kind auch versteckte Rotkappen, die Oma dann abschneidet. Das Kind ist mächtig stolz, wenn Oma lobt: „Du hast wirklich Pilzaugen!" Die Steinpilze oder die sehr seltenen Pfifferlinge findet meistens die Oma. Das Kind darf die wertvollen Exemplare dann in die einzelnen Schüsseln legen. Sind genug Pilze gefunden, werden noch „Schuschken" gesammelt. Diese kleinen Kiefernzapfen, die in der Wärme sich zu Tannenbäumchen spreizen und im Herd so lustig knallen und duften, landen in einem Sack. Sehr oft aber müssen die Suchenden feststellen, dass auf dem Waldboden auch nicht das kleinste

Zweiglein oder der mickrigste Zapfen liegt. Glück hat, wer als erster nach Regen oder Sturm im Wald ist. Da heißt es dann, früh mit der Oma aufzustehen und in den Stadtwald oder die entferntere Kühlung zu wandern. Auf dem Hinweg darf das Kind wohl mal auf dem Wagen sitzen, doch der Rückweg muss zu Fuß zurückgelegt werden.

Zuhause werden die Pilze gleich verarbeitet oder, wenn die Ausbeute sich gelohnt hat, auf lange Fäden gezogen und quer durch die Stube zum Trocknen aufgehängt. Oft ist dieser Platz allerdings blockiert durch die langen spitzen Blätter des trocknenden Tabaks, den die Oma heimlich als lukrative Einnahmequelle zieht.

27 Hamstertouren

Als der Vater seine früheren Beziehungen zu den Geschäftsfirmen wieder aufnehmen kann, bricht eine nahrhafte Zeit an. Vater kann die begehrten Fahrradreifen aus Hamburg-Harburg holen und die abgefahrenen Gummimäntel an den einheimischen Schuster „verscherbeln", der daraus Schuhsohlen fertigt. Diese raren Artikel werden gut bezahlt und die Großfamilie kann von Vaters Geschäftssinn profitieren.

Vor allem der Bruder ist an der Logistik beteiligt. Mit Schaudern erzählt er, wie er und der Vater sich vor einer Patrouille im Gebüsch versteckt hätten und nur nach endlosem Warten den Heimweg bei Dunkelheit antreten konnten. Er findet es im Gegensatz zur Familie nicht lustig, wenn Vater und er jeder ein Ferkel im Rucksack haben und die „Angstpisse" der eingezwängten Tiere ihnen den Rücken herunter läuft. Im selben Rucksack wird dann der Laib Käse transportiert, den sie dafür bekommen haben. Penibel darf man nicht sein!

Einen russischen Soldaten, der pflichtgemäß einmal die Hamsterbeute kassieren will, kann der Vater mit seinen Sprachkenntnissen davon überzeugen, dass er einem „Landsmann" doch nicht das bisschen Essen wegnehmen könne, das er für die hungernde „Matka" gerade nach Hause bringen würde. Ein zugestecktes Päckchen Zigaretten lässt den gerührten Wachmann pfeifend in die entgegengesetzte Richtung blicken. Vater und Bruder fahren so schnell es geht nach Hause, bevor der russische „Landsmann" es sich anders überlegen würde.

Ein besonderes Ereignis wird hinter vorgehaltener Hand erzählt: der Pfarrer hatte das karge Essen satt und ließ sein Schwein schlachten. Der einheimische Küster schloss sich an und beförderte sein heimlich gehaltenes Borstentier ebenfalls ins tierische Jenseits. Vor dem Genuss frisch geschlachteter Tiere musste geprüft werden, ob das Fleisch frei von den gefährlichen Trichinen war. Ein amtlicher Beschauer konstatierte die Unbedenklichkeit der Schlachtergebnisse. Damit auch der heimliche Tierhalter in den Genuss der Trichinenschau kommen konnte, vereinbarten Pfarrer und Küster, dass jeder eine Sauhälfte zur Beschau hinlegen sollte. Der Beschauer kam, untersuchte, befand für unbedenklich und wunderte sich: „Das is aber 'n besonderes Vieh, manometer, 'ne Sau mit zwei Schwänzen!". Ein beträchtliches Schweigegeld wurde von den zwei Besitzern gemeinsam getragen. Von da an hieß der Pfarrer schmunzelnd „Schweine-Paul!". Solche Geschichten bewegen das Kind und mitunter spielt es mit den Nachbarskindern „russische Patrouille" oder „Hamsterngehen".

28 Naturprodukte

Nicht zuletzt lernt das Kind „den Lebensmittel-Laden der Natur und die Hausapotheke Gottes" zu schätzen. Brennnessel-Spinat, Löwenzahn-Salat, Sauerampfer-Suppe, Hagebutten-Mus gehören ebenso zum Speiseplan wie die Tees aus Linden- und Holunderblüte, Kamille, Salbei, Frauenmantel und Minze. Sind die leuchtenden Mohnblüten verwelkt, werden Mullläppchen um die Fruchtknoten gebunden und die kostbaren Mohnsamen darin aufgefangen.

Die wild wuchernden Rhabarberstauden haben es dem Kind und seiner Schwester besonders angetan. Sie haben ein Wettspiel erfunden: wer am meisten von diesen langen rohen Stangen essen kann, ohne das Gesicht zu verziehen, hat gewonnen. Nach heroischen sauren Bissen endet das Ganze in befreiendem Gelächter, weil man endlich Grimassen schneiden darf. Da schmecken Rhabarber-Kuchen und Kompott doch lieblicher.

Das Halten von Hasen für Hasenbraten und Hasenklein wurde nur ein einziges Mal praktiziert. Als das geliebte Haustier schließlich als leckere Mahlzeit aus dem Backofen gezogen wurde, wollte niemand davon essen, sondern hat unter stillen Tränen den Rotkohl allein genossen. Die Hühner, Enten und Gänse werden in der Folgezeit ohne Wissen der Kinder geschlachtet und kommen so auf den Tisch, dass nichts an die ehemaligen Hofgenossen erinnert.

Jagd auf die Eier indes ist ein beliebter Sport. Es gilt den richtigen Augenblick zu erwischen, wo Ganter und Erpel samt ihren Frauen abgelenkt, die

Nester unbewacht und den flinken Räubern überlassen sind.

Das Kind kennt weder Südfrüchte noch fremde Genüsse. Es weiß aber sehr wohl den Wert der Lebensmittel und Gartenerzeugnisse zu schätzen.

29 Care-Paket

Höhepunkt ist eines Tages die Ankunft eines Care-Paketes, das der Familie zugestellt wird. Das Kind hört, dass amerikanische Hilfsorganisationen die hungernde Bevölkerung im besiegten Kriegsland nicht vergessen und sichtbare Zeichen der Versöhnung inszeniert haben. Wer amerikanische Verwandte oder Freunde hat, gehört zu den Glücklichen, die ein Anrecht haben. Weil Omas Schwester in Bogota/ Kolumbien lebt, ist die Familie berechtigt, ein Paket zu empfangen. Die gesamte Hausgemeinschaft sitzt um den Tisch herum und verfolgt mit großen Augen, was da aus dem geheimnisvollen Karton zutage tritt. Ein wunderbares „Sesam-öffne-dich" beginnt: Schokolade, Corned Beef, Bouillon und Kaffee, Milchpulver und Kakao, Fett und Cornflakes werden mit „Aaah" und „Oooh" begrüßt. Das lässt sich gut teilen oder gemeinschaftlich verbrauchen. Kopfzerbrechen macht hingegen, wer die wunderschönen Damen-Lederhalbschuhe bekommt. Reihum probieren Mutter, Tanten und Oma, wem die Kostbarkeit passen könnte. Das Kind muss an Aschenputtels Schwestern denken und deren verzweifeltem Versuch, sich in die Schuhe zu zwängen. Neidvoll muss schließlich anerkannt werden, dass nur Tante Hilde die Glückliche sein kann.

Dafür einigt man sich schnell, dass das ein Meter fünfzig große Stück dunklen Stoffs für einen Anzug zur Konfirmation des Bruders genützt werden soll. Stolz wird er das von einem befreundeten Schneider gefertigte gute Stück an seinem Festtag tragen. Dass die Hosen nicht lang genug sein können, weil der Stoff es nicht anders hergibt, übersieht man großzügig.

Einschneidender für das Kind ist, dass Oma aus der daunenweichen hellblauen Wolle einen Kinderanzug für den jüngeren Vetter stricken will. Als Trost, damit das Kind nicht leer ausgeht, fabriziert Oma neue Unterhosen für das Kind. Von schadhaften langen Männerunterhosen werden die Beine abgeschnitten, zusammengenäht und mit einem Zwickel aus Schafswolle versehen. Allerdings will das Kind lieber im Bett bleiben, als diese kratzigen Dinger anziehen.

30 Krippenspiel

Das erste Weihnachten in der neuen Heimat naht. Dem Einleben hat geholfen, dass die Musikertante die Organisten- und Chorleiterstelle in der evangelischen Kirche übernehmen konnte. Nun studiert sie mit einem neu gegründeten Kirchenchor, verstärkt durch sämtliche Familienmitglieder, im Wohnzimmer Weihnachtslieder ein. Die Lazaretttante betreut nebenher Waisenkinder, die nun in der Christmette ein Stegreifspiel aufführen sollen. Auch das Kind darf als anbetendes Flüchtlingsmädchen an die Krippe pilgern und ein Geschenk niederlegen. Die Vorbereitungen für den Gottesdienst lenken das bohrende Heimweh in lichtere Bahnen.

Endlich ist der Heilige Abend da. Die Familie singt auf der Empore, die Tante pendelt zwischen Orgelbank und Dirigentenpult und das Kind wartet auf seinen Auftritt im hinteren Teil der alten Backstein-Dorfkirche. Unter einem mit Äpfeln und Nüssen geschmückten Christbaum steht eine echte Futterkrippe. Aus Stroh und Heu leuchtet ein unsagbares Licht, das es bei den Proben noch nicht gegeben hat. Ja, so ist es richtig. So kennt das Kind die Krippe von Weihnachtsbildern her! Das ist das Weihnachtswunder!

Je näher es zur Krippe pilgert, desto stürmischer klopft sein Herz. Die Wirklichkeit verschwimmt. Gleich wird es vor dem leibhaftigen Christkind knien. Ihm wird es gern die von Oma genähte Lumpenjule in die Krippe legen. Nackt wird das Jesuskind sein und ebenso frieren wie es selbst in seinem zu kurz gewordenen Mäntelchen, stellt sich das Kind vor. Das Puppenkind soll es wärmen. Nicht nur diese Liebe will es ihm erweisen. Auch sein Herz soll ein Geschenk werden. Im Kopf drämmert das gelernte Lied: „... mein He-erz will ich ihm sche-hen-ken und alles, was i-ich haab!" Es kniet vor der Krippe, zur größten Hingabe bereit – und erstarrt! Aus Heu und Stroh leuchtet eine nackte Glühbirne! Sie ist in eine schäbige Fassung geschraubt, wie sie nur in Kellerräumen zu finden ist. Das Kind stürzt in bodenlose Tiefe! Betrug, alles Betrug!

Mit einer abrupten Kehrtwende erkämpft es sich den Weg durch die hinter ihm stehende Laken-Engel-Schar und stürmt auf die Empore zur Tante auf der Orgelbank. Ungestüm wirft es sich in ihre Arme und schluchzt: „Es ist eine Birne!" Die Tante versteht den gestammelten Grund des Kummers nicht, wohl aber die Tiefe des Schmerzes. Mit den kalten Fingerspitzen aus den abgeschnittenen Fingerhandschuhen streicht sie dem Kind über die

Wangen und hält seinen vom Weinen geschüttelten Körper in ihren Armen.

Ausgerechnet ein Krippenspiel führte zur Vertreibung aus dem Reich kindlicher Inbrunst. Es sollte nicht die letzte Entzauberung sein.

31 Frust und Lust

Im Alltag bleibt Ärger in einer Großfamilie nicht aus. Zum Brennpunkt entpuppt sich das Toilettenproblem. Wo zwölf große und kleine Leute Kohl und Rüben, Salat und Pflaumen essen, wird dieser Raum zum hoch frequentierten Bedürfnisort. Er liegt auf halber Höhe im Treppenhaus. Am Eingang zur Wohnung hängt der Schlüssel zum Sesam-öffne-dich. Dort ist er nahe bei den Zimmern der Kindsfamilie, die anderen Mitbewohner müssen erst einen längeren Gang hinter sich bringen, um den Schlüssel zu erreichen. Welche Pein, wenn just bei einem dringenden Bedürfnis ein näherer Verwandter das begehrte Öffnungsobjekt wegschnappt und sich wippenden Schrittes für kurz oder lang dort einquartiert. Mit zusammengekniffenen Beinen und stöhnend hockt der Geplagte wartend auf der Treppe - wenn er nicht der Dringlichkeit halber einen Eimer zu Hilfe holt -, bis der vorherige Besetzer fröhlich pfeifend das Kabinett verlässt und vielleicht aus Eile oder Bosheit das Fenster zu öffnen vergaß. Im Familienrat wurde später die Devise ausgegeben: „Fasse dich kurz! Nimm Rücksicht auf Wartende!"

Ein Bad sucht man in der Wohnung vergeblich. Die Räume gehörten ja zu einer Pension und sind mit Wasserkanne und Waschschüssel bestückt. Fließendes Wasser gibt es nur in der Küche. So pilgert, wer mag, dann und wann zum öffentlichen „Warmbadehaus", meist am Samstag, bevor Mutter frische Unterwäsche ausgibt. Da das Wannenbad teuer ist und Luxus bedeutet, steigt die ganze Familie hintereinander ins selbe Wasser, wobei die Reihenfolge kräftigen Zündstoff liefert. Schließlich einigt man sich, dass zuerst Mutter mit den zwei Mädchen, dann der Bruder und zuletzt der Vater den Luxus des warmen Badens genießen dürfen.

Besser ist es, so lange wie möglich im Jahr in die Ostseefluten zu steigen. Im Badeanzug läuft man mit umgelegtem Handtuch zum Strand, stürzt sich quietschend und juchzend in die Wellen und lässt sich vom Salzwasser reinigen.

Das Kind schliesst sich besonders gern dem frühen Baden mit Tante Tuta an, die vor Dienstanfang den Sonnenaufgang im Wasser erleben möchte. Wenn die Sonne wie ein glutroter Feuerball am Horizont aus dem Meer aufsteigt und das Wasser sich golden färbt, sind sie wie berauscht von all der Schönheit und führen manchmal einen Sonnen-Begrüßungstanz im Wasser auf. Schaurig ist es, wenn das Meer aufgewühlt ist, mit zornigen Wellen ans Ufer prescht und der Sog die Beine wegzieht. Da ist es gut, die sichere Hand der Tante zu spüren, auf die Verlass ist. Ein bisschen schnatternd rennen sie nach Hause, wo das Kind zum Aufwärmen schnell ins warme Bett schlüpft. Es ist stolz, dass ihm auch dreizehn Grad kaltes Wasser nichts ausmacht. Die Tante meint: „Abhärtung ist die beste Medizin!"

32 Oma

Wo soll sich das Kind hinwenden, wenn es traurig ist? Wo ist die Anlaufstelle, wenn der Streit mit dem Bruder in eine wüste Prügelei ausgeartet ist und nicht nur die blauen Stellen am Körper schmerzen? Wo ist ein Ort für die Tränen, wenn das Heimweh nach Kuschelbär und Co zu groß wird? Wo kann es zur Ruhe kommen, wenn der böse Ganter hoch aufgerichtet und Flügel schlagend mit Ohren betäubendem Gekrächze das Kind aus Hof und Garten vertrieben hat?

Die Insel im aufgewühlten Meer der Ereignisse ist Omas Zimmer. Hier können alle Rätselhaftigkeiten, Ängste und Ratlosigkeiten abgeladen werden. Omas Tür ist nie abgeschlossen und Oma fast immer dahinter zu finden. Das Kind braucht nur ganz leise anzuklopfen und schon darf es hineinschlüpfen in dieses durchsonnte Zimmer. Ein unverwechselbarer Omageruch umfängt das Kind beim Eintreten. Kampfer weht darin, ein bisschen Knoblauch und ganz viel Blumenaroma, denn immer verströmt ein prachtvoller Blumenstrauß auf der „Kredenz" seinen Duft. Sommers steht die Balkontür meistens auf und wenn Oma gerade beim Eintreten ein Nickerchen macht, schleicht das Kind auf den Balkon und schaut durch die Jugendstilgitter auf das Treiben in der Strandstraße unten. Oft verschwenden die Linden ihren betörenden Geruch oder die würzige Meeresbrise streicht von der Ostsee her über die Nase.

Das Kind vertreibt sich die Zeit auf dem Balkon, den die Oma trotz der Wirrnis und Unruhe der Zeiten mit farbenfrohen Petunien geschmückt hat, mit einem „Besuch" bei diesen Blumen. In üppigen Kästen blühen sie in Augenhöhe des Kindes. Tief steckt es seine Nase in die Blütentrichter, atmet tief ein und genießt mit dem Blütenduft wie sich die weichen Blütenblätter schmeichelnd um die Nasenflügel und Teile der

Wangen legen. Von dieser atemberaubenden Zärtlichkeit kann es nicht genug bekommen und wiederholt das berauschende Spiel, bis ihm schwindlig wird oder Oma aufwacht.

Die geliebte Großmutter sitzt meistens in ihrem Schaukelstuhl, eine Handarbeit in den Händen und summt im Rhythmus der Schaukelbewegung vor sich hin. Das Kind meint zu jeder Jahreszeit „O Tannenbaum" zu vernehmen. Tritt das Kind ins Zimmer, rückt sie die Füße auf dem roten Samtschemelchen zur Seite, sodass es darauf Platz findet. Unversehens ist es in das Schaukeln hinein genommen und so kann der Tränenstrom versiegen oder der Zorn verrauchen. Ein zärtliches „Na, mein Liebchen, was gibt's?" öffnet alle Schleusen des Kummers. Hemmungslos und ohne alle Scham kann ans Licht purzeln, was eine Kinderseele so bedrückt. Oma hat Zeit, viel Zeit und kann so wunderbar zuhören. Wie eine große Regenschale fängt sie alles Bedrückende und Beängstigende auf und das Kind fühlt sich aufgehoben und geborgen. Es ist, als käme ein Schiff aus Seenot in den rettenden Hafen. Oma gibt keine Ratschläge, keine Kommentare. Ein leises „O-o-o" oder „Hmm – hmm" signalisiert Empathie. Dem Kind scheint, dass sie nicht nur mit überwachen Ohren zuhört, sondern Arme des Herzens ausbreitet und allen

Schmerz in unendlicher Liebe und grenzenlosem Verstehen umfängt.

Ist alles gesagt, zieht sie das kleine Mädchen an sich, bettet den Kopf an ihren Hals und streichelt sanft über Haar, Rücken und Bäckchen des Kindes. Alles ist gut, alles ist zur Ruhe gekommen am liebenden Herzen dieser Großmutter, der Großen Mutter.

Es muss nicht gesagt werden, dass sie die wichtigste Person im Leben des Kindes ist. Als nach vier Jahren der Vater mit der Familie in den Westen übersiedelt und die Oma mit den zwei Tanten zurückbleibt, bedeutet das für das Kind die eigentliche Vertreibung. Ein „Eiserner Vorhang" legte sich auch um das Herz des Kindes, das den Verlust der Geburtsheimat leichter verwinden konnte als diese Trennung.

33 Waisenkinder

Die beiden Tanten Tuta und Hete sind nicht nur in ihrem Beruf als Kirchenmusikerin und Krankenschwester tüchtig, sondern sie engagieren sich auch aufopfernd für Menschen in Not. Besondere Aufmerksamkeit widmen sie Kindern, die durch den Krieg ihre Eltern verloren haben und in einem Waisenhaus aufgefangen und betreut werden.

Regelmäßig besuchen sie im Kinderheim „diese armen Würmchen", um ihnen vorzulesen, mit ihnen zu spielen und die karge Kost durch mitgebrachtes Lazarettbrot aufzubessern.

Als Höhepunkt im Einerlei des Heimes wird eine größere Gruppe von Kindern nach Hause eingeladen. Nicht alle Mitglieder der Großfamilie sind damit einverstanden, dass das mühsam gehamsterte Essen auch noch geteilt wird. Aber die Überzeugungskunst der resoluten Krankenschwester siegt.

Der Vater des Kindes organisiert beim befreundeten Käsereibesitzer eine Extraportion Vollmilch. Vermischt mit dem selbst gekochten Zuckerrübensirup entsteht ein köstliches Karamellgetränk, das zusammen mit dem trockenen Brot aus dem Krankenhaus himmlisch schmeckt. Ein Korb mit Äpfeln aus dem Pfarrgarten vervollständigt die nahezu fürstliche Bewirtung.

Dann ist es so weit. Zwei und zwei stapfen die unisono gekleideten Kinder in die Wohnung und setzen sich verschüchtert an die lange Tafel, die aus allen verfügbaren Tischen im Flur zusammen gestellt wurde. Zuerst wird natürlich gebetet. Ungebetet gibt es kein Essen! Die köstliche Bewirtung und die warmherzige Zuwendung der Familienangehörigen schafft bald eine fröhliche Atmosphäre. Gesellschaftsspiele am Tisch schließen sich an. „Kommando Bimberle" und „Alle Vögel fliegen hoch" zaubern ein frohes Lachen auf die Gesichter.

Doch dann löst sich die Tischrunde auf und die weiß-blau gestreifte Horde ergießt sich über die ganze Wohnung. Hauptanziehungspunkt ist natürlich das Bettchen mit den zwei Puppen des Kindes und seiner Schwester. Begierig werden Hänschen und Pummelchen aus den Kissen gerissen. Alle Mädchen wollen sie gleichzeitig in den Arm nehmen, untersuchen, was unter den Kleidern steckt, wie sich Knöpfe und Schleifen lösen lassen.

Damit hat das Kind nicht gerechnet. Es ist entsetzt, dass sich fremde Kinder an seinem Heiligtum vergreifen. Das Puppenkind, das die lange Flucht miterlebt hat und sich als treuester Begleiter erwiesen hat, ist in Gefahr. Mit dem Mut einer Löwin stürzt sich das Kind zwischen die neugierigen Eindringlinge und will sein Eigentum zurück erobern. Ein wilder Kampf entbrennt, der Pummelchen beinahe Kopf, Arme und Beine gekostet hätte. Wie wilde Raubkatzen balgen sich alle um das begehrte Puppenkind. Ein wütender Schrei der Tante und ein schmerzhafter Griff am Arm reißt das Kind aus der Gruppe der Kämpfenden. Eine wütende Gardinenpredigt ergießt sich über das Kind: „Lass den Kindern die Puppe; sie wollen doch nur spielen. Du hast Vater und Mutter und sie haben niemanden. Schäm dich, du undankbares Kind!"

Eine Welt bricht für das Kind zusammen, Ungerechtigkeit siegt! Laut heulend zieht es sich in den noch einzig sicheren Ort zurück – in den Kleiderschrank. Schluchzend kauert es unter Kleidern und Mänteln versteckt, selbst seines sichersten Trostes beraubt. Trauriger kann die Welt nicht mehr werden.

Zum Glück lockt die Melodie einer Handharmonika die kleinen Gäste in den Hof. Verstohlen kriecht auch das Kind aus seinem Versteck, schnappt sich das nun nackte Puppenkind und befördert es in den Schrank. Mit verquollenen Heulaugen und wunder Nase mischt es sich unter die Spielenden. „Rosenstock, Holder blüht" und „Im Grunewald ist Holzauktion" sind gar zu verlockende Tänze. Auch das Topfschlagen und das Stangenklettern für die ganz Mutigen ist spannend. Als das Kind zum Ende des Nachmittags ein begehrtes Hauchbildchen bekommt, ist die Welt wieder in Ordnung.

Zwei und zwei wie sie gekommen ist, zieht die Schar schließlich davon. Das Kind rennt zum verwilderten Puppenkind, kleidet es wieder ordnungsgemäß an. Widersprüchliche Gefühle streiten im Kind und es kann sich nicht entscheiden zwischen Scham und Mitleid, zwischen Trotz und Schmerz.

Das Puppenbettchen ist sehr oft leer in nächster Zeit. Das Kind hat sich mit einem Stück erbettelter Wäscheleine den Liebling um den Bauch geknotet. Keine Macht der Welt wird ihm das Kleinod des heimatlichen Kinderzimmers jemals wieder entreißen können.

34 Bald Schulkind

Endlich ist Ostern in Sicht. Ungeduldig streicht das Kind an einer von der Oma gebastelten Zeitleiste die langsam verrinnenden Tage ab. Doch nicht das hehre Jubelfest nach der bedrückenden Passionszeit wird sehnsüchtig erwartet, nein, nach Ostern wird das Kind zum Schulkind geadelt. Der Ritterschlag zur Schulfähigkeit ist nach einem ärztlichen Votum bereits aktenkundig geworden. Endlich darf es, wie die älteren Geschwister, die langsam lästig gewordene Freiheit mit einem Pflicht beladenen Dasein vertauschen.

Doch zu dieser Aufwertung der eigenen Existenz kommen nicht weniger wichtige Begleitumstände: Das Kind braucht einen „Tornister". Vater hat auf Tauschbasis eine verblichene, grau-grüne Segeltuchtasche mit Überschlag erstanden, die nun umfunktioniert werden muss. Ein befreundeter Schuster näht rechts und links Rollllädengurte an die Rückseite des Relikts, die durch zwei angebrachte Laschen am Boden der Tasche eingeknüpft werden können. Damit das schlabbrige Konstrukt nicht sackartig in sich zusammenfällt, stabilisiert Vater es mit einer Pappeinlage. So sieht es fast wie ein echter Schulranzen aus. Bald wird eine Schiefertafel darin stecken, deren nach außen hängendes Schwämmchen bei jedem Hopser mitspringen wird. Die Oma hat bereits ein buntes Wischläppchen gehäkelt und an eine lange Schnur gehängt, die ebenfalls an die Tafel geknotet wird. So kann beides beim Gehen um die Wette tanzen.

Eine Kostbarkeit entdeckt der Hauswirt auf dem Dachboden: einen hölzernen Griffelkasten, in dem die zerbrechlichen Kreidestäbchen geschützt liegen können. Über ein längliches Kistchen wird zum Verschließen ein Brettchen geschoben, das in einer ausgefrästen Rille läuft. Setzt man dieses Brettchen zu schräg auf, verkeilt es sich hoffnungslos und lässt sich nicht mehr vor oder zurück bewegen. Mit viel Fingerspitzengefühl muss die Verklemmung gelöst werden, damit ja kein Stückchen am zarten Holz abbricht. Vorläufig steckt im Kasten nur ein Griffelstummel in Bleistiftverkleidung, was schon die Luxusvariante darstellt. Für gewöhnlich sind die stricknadeldünnen Schreiberlinge nur mit Papierbanderole versehen und brechen beim kleinsten Druck in viele Teile. Das Kind fühlt sich wie ein Krösus mit seinem gesamten Besitz. Viele Male täglich wird die kostbare Schultasche aufprobiert und nur unter Murren zum Essen und Schlafen abgelegt.

Eine Nachbarin hat ein altes graues Heft entdeckt mit verbliebenen sechs leeren Blättern. Das schenkt sie dem Kind, das sich vor Freude kaum zu lassen weiß. Am meisten fasziniert es ein Bild auf der hinteren Umschlagseite: Ein vom WC kommendes Kind wird von einem Handtuch festgehalten und via Sprechblase aufgefordert: „ HÄNDE WASCHEN NICHT VERGESSEN."
Dieser Spruch bringt dem Kind das erste Lesen bei. Überall entdeckt es nun diese Zeichen und es freut sich über das Auffinden in Büchern und Aufschriften. Dass die Buchstaben aneinander gefügt ein Wort ergeben, das man mit einem Bild ver-

binden kann, ist eine so tolle Entdeckung, dass das Kind vor Erregung kaum noch schlafen kann. Jetzt kann es sich auch die auswendig gelernte „Häschenschule" vornehmen und selbständig „lesen". Voller Stolz sitzt es in Omas Zimmer und liest der geduldig zuhörenden Großmutter vor. Es ist hingerissen von dieser Technik. Die geliebten Bilderbücher wandern zu den kostbaren Schätzen in den Schulranzen.

Ein verheißungsvolles kleines Utensil wartet ebenfalls auf seine Bestimmung: ein kleines Eimerchen aus weiß glänzendem Aluminium mit Deckel, das mit einem Haken in die Riemen des Ranzens eingehängt werden kann. Jeden Tag wird darin das Kind ein nahrhaftes Essen empfangen – die Hoover-Speisung. Der amerikanische Mäzen hat sie gegen die Unterernährung deutscher Kinder eingeführt. Bis jetzt kennt das Kind nur die kleinen Reste, die die Geschwister manchmal aus der Schule mitbringen: Haferbrei mit Rosinen, Süßer Reis, Graupensuppe, Sago-pudding. Nur vom Kakao, dem Schokoladeriegel und dem Rosinenbrötchen am Samstag ist nie etwas übrig geblieben. Auf diese Leckerbissen freuen sich alle Schulkinder die ganze Woche über. Welch eine paradiesische Zeit wartet auf das Kind!

35 Lebertran und Typhusimpfung

Um stark genug für die Anforderungen der Schule zu sein, darf der obligatorische Löffel Lebertran nicht fehlen. Die Tante hat als Krankenschwester im Lazarett das Privileg, diesen ekelhaft glitschigen Saft zu erstehen. Die Tortur der Einnahme wird vom herrischen Befehl der Tante begleitet: „Nase zuhalten und runter damit!" Die älteren Geschwister, die diese Prozedur bereits beherrschen, bekommen vor Spannung Stielaugen. Doch das ölige Zeug will nicht in den Schlund rutschen und wird unter Würgen und Korksen im hohen Bogen zurück befördert. Auch das gute Frühstück schließt sich an und wird halb verdaut auf dem Küchenboden verteilt. Alle weiteren Versuche enden mit diesen Brechanfällen. So wird dem Kind mit einem vorwurfsvollen „Dann eben nicht!"wohl oder übel dieser „so gesunde" Saft erlassen.

Das hoch aufgeschossene Mädchen ist so „spillrig"-mager, dass der Onkel höhnt: „Na, Majellche, machst der Bohnenstange Konkurrenz? Pass auf, dass dich der Wind nicht wegweht!" Da Lebertran also nicht geht, wird Ziegenmilch organisiert, die von den Geschwistern verschmäht wird. Die herb riechende und etwas seltsam schmeckende Milch wird vom Kind genüsslich konsumiert und zaubert bald vollere Backen ins Gesicht des Kindes.

Eine weitere Klippe gilt es ebenfalls noch zu bestehen: Vor dem Schuleintritt muss laut amtlicher Verordnung die Typhus-Schutz-Impfung vollbracht werden. Da das Ärmchen zu dünn ist, wählt der mürrische Amtsarzt den schmächtigen Brustmuskel als Angriffsfläche für die dicke Spritze. Das Kind fühlt sich bis ins Herz hinein durchstochen. Der heftige Fieberschub hinterher lässt das beängstigende Geschehen in gnädiges Vergessen fallen.

36 Schulanfang

Doch dann geht alles sehr schnell. Das Kind marschiert zwischen Mutter und Vater und von Oma und der Patentante begleitet zur Schule am Karpfenteich. Die von der Oma zusammen gestückelte, bunte Schürze blitzt unter dem auch von ihr gestrickten „Krümmermäntelchen" hervor. Die langen Zöpfe sind zu einem „Kicks" hochgebunden und thronen als Schleifennest auf dem hoch erhobenen Kopf.

Der Geräuschpegel auf dem Schulhof erschreckt das stille Kind. Aber als eine freundliche Lehrerin die Kinderschar sammelt und ins Haus hinein führt, ist alle Angst vergessen und das Tor zu einer neuen Welt schließt sich hinter dem Kind.

37 Neue Zeiten

„Wachet auf, wachet auf, es krähte der Hahn, die Sonne betritt ihre goldene Bahn!".
Das Kind schmettert mit neununddreißig anderen Zweitklässlern den Kanon zum Tagesbeginn in der Schule. Es folgt ein fröhliches „Guten Morgen, liebe Kinder!", was mit einem chorischen „Gu -ten Mor- gen, Fräu -lein För- ster" beantwortet wird. Alle dürfen sich setzen und der Tag kann starten.

Doch an einem Morgen im November wird alles anders. Der Rektor betritt forschen Schrittes das Klassenzimmer. Alle Schülerinnen und Schüler springen von ihren Sitzen und grüßen unisono mit dem eingedrillten Gruß. Ein huldvolles „Setzen!" leitet zum Grund des hohen Besuches über. Der Rektor ist hocherfreut, dass ein neues Angebot für alle Schulkinder ins Leben gerufen wurde: Die Grundschüler bräuchten sich nicht mehr zu grämen, weil sie noch nicht zur FDJ gehen dürften. Es gibt nun zwei Jahre später eine Freundschafts- gruppe, zu der alle gehören, die sich für den Sozialismus nach Marx und Lenin und gegen den

Kapitalismus einsetzen wollten. Die Erst- und Zweitklässler wären die „Jungpioniere", ab der dritten Klasse wären sie dann „Thälmann-Pioniere". Von jetzt ab würde jeder Tag mit einem besonderen Gruß beginnen: Lehrer oder Gruppenleiter rufen: „Für Frieden und Sozialismus – seid bereit!" und die Gruppe hätte zu antworten: „Immer bereit!". „Fräulein Förster wird die Zehn Gebote der Pioniere mit euch durchnehmen. Mit eurem Versprechen, sie zu halten, seid ihr etwas Besonderes, auf das wir stolz sein können!" Nach dem Abgang des hohen Herren macht die Lehrerin zunächst einmal mit den Heinzelmännchen von Köln weiter und die Klasse beruhigt sich. Dass am 6. März 1946 die „Freie Deutsche Jugend" gegründet worden war, ist am Kind vorbei gegangen.

Beim Mittagessen ist die Großfamilie um den langen Esstisch versammelt. Wie immer spricht die Tante Hete das Tischgebet. Da springt das Kind auf, reißt die Hand an den Kopf, fährt mit dem Daumen von der Nasenwurzel bis zum Haaransatz, den kleinen Finger in die Luft gestreckt und brüllt: „Seid bereit!" - „Immer bereit!", prusten die Geschwister als Antwort los. Auch ihre rechten Hände stehen dabei wie Hahnenkämme über ihren Häuptern. Die Erwachsenen sind entgeistert und finden das gar nicht lustig. Sie hören sich die

Berichte aus der Schule an und vergessen fast das Essen. Tante Hete entscheidet energisch: „Du gehst weiterhin in die Jungschar und nicht zu den Pionieren! Dein großer Bruder und deine große Schwester sind auch nicht bei der FDJ." Damit ist die Marschroute festgelegt:

Das Kind und die Pfarrerstochter Hanna sind die Einzigen, die das Gelöbnis:„Ich verspreche ein guter Jungpionier zu sein. Ich will nach den Geboten der Jungpioniere handeln!" nicht ablegen. Das Kind ist gespalten. Es würde gern dazu gehören, wenn alle das blaue Halstuch von den großen FDJ-lern um den Hals geknotet bekommen. Es wären auch gern „etwas Besonderes", auf das man stolz sein kann.

38 HO – Laden

Das Kind trottet aus der Schule nach Hause. Bei jedem Schritt zieht es den großen Zehen ein, denn der ist zu lang geworden für die Schuhe. Zum Barfußlaufen ist es nun im Herbst zu kalt. Das Kind sinniert, warum Schuhe nicht mitwachsen können. Vater ist zur Zeit „im Westen", um „das Terrain zu sondieren". Es kann sich unter beidem nicht viel vorstellen, aber Vater hat versprochen, Schuhe mitzubringen.

Das Kind kommt am neu eröffneten Geschäft vorbei. HO-Laden prangt in großen Lettern über dem Eingang. Eine riesige Menschenmenge steht in einer langen Schlange bis auf die Straße. Also muss es hier etwas zu kaufen geben, wofür sich das lange Anstehen lohnt. Schlangestehen kennt das Kind, das gehört zu den Familienpflichten. Es kommt darauf an, möglichst früh nach dem Eingang einer Lieferung im Laden zu sein, bevor die Artikel wieder ausverkauft sind. Erst seit ein paar Wochen gibt es diese Läden, in denen die unterschiedlichsten Gebrauchsgegenstände und Esswaren ohne Lebensmittelkarten und Bezugsscheine zu erstehen sind. Ein Brötchen kostet nur fünf Pfennig, aber es gibt bloß eine beschränkte Anzahl zu kaufen. Aus belauschten Gesprächen weiß das Kind auch, dass es nützlich ist, sich mit dem Verkäufer gut zu stellen. Er hat besondere Raritäten für besondere Kunden unter dem Ladentisch versteckt. Weil er sich nach diesen bücken muss, haben sie den Spitznamen „Bückwaren".

Das Kind schlängelt sich an den Wartenden vorbei nach vorne, was natürlich Proteste auslöst. Aber ihm fällt eine List ein und es ruft laut: „Ich will zu meiner Mutter!". Das ist ja nicht ganz gelogen, denn es ist ja auf dem Heimweg. Lügen darf man nicht, weil der liebe Gott ja alles hört. Am Ladentisch angekommen sieht das Kind, dass Regenmäntel geliefert wurden. Sie sind aus schwarz-grauem Gummi mit einem breiten Gürtel in der Taille und riechen penetrant. Das Kind ist enttäuscht, aber es fragt mutig: „Haben Sie auch Bücksachen?" Der Verkäufer bekommt entgeisterte Stielaugen und schnappt nach Luft. Das schallende Gelächter der Umstehenden verhindert vermutlich eine heftige Reaktion. Er brüllt nur: „Verschwinde, du Göre, bevor ich aus dir einen Bückling mache!" Das Kind zieht erschrocken von dannen.

Am Nachmittag sitzt es am Tisch und schreibt an den Vater: „Lieber Papa, wann kommst du wieder? Mutti weint oft und betet, dass du auch wirklich wieder kommst. Bitte bring mir doch Schuhe mit, ja? Meine sind viel zu klein. Ich habe dich lieb. Dein Tschibikei". Auf den russischen Kosenamen für „Liebling" ist das Kind stolz und freut sich immer, wenn der Vater ihn in seltenen Augenblicken benützt.

39 Veränderung

Der Vater des Kindes ist nun schon längere Zeit „im Westen". Etwas Unheilvolles liegt in der Luft.

Mutter geht bedrückt umher und tuschelt immer wieder mit dem großen Bruder und das Kind meint einmal verstanden zu haben „Ob er wohl wiederkommt?" Was hat das zu bedeuten? Auch die übrige Großfamilie hat etwas von ihrer Sorglosigkeit verloren. Das Kind hat den Eindruck, als würde Oma es manchmal besonders fest und innig in den Arm nehmen und gar nicht mehr loslassen wollen.

Und dann ist eines Tages der Vater wieder da. Mit strahlendem Gesicht verkündet er der Familie, dass er sehr erfolgreich gewesen sei. Es folgt die Botschaft, die das jetzige Leben total verändern soll. „Ich kann wieder bei meiner vorherigen Firma arbeiten! Ich bin nicht mehr arbeitslos, nicht mehr angewiesen auf florierende Tauschgeschäfte und Gelegenheitsarbeiten!" Er ist so glücklich, wie das Kind ihn noch nie gesehen hatte. Aber Mutter bricht in Tränen aus. Auch Oma und die Tanten schneuzen sich und wenden sich ab.

Vater sagt bedächtig: „In zwei Wochen fahren wir in den Westen. Wir werden in Stuttgart wohnen. Mir wurde sogar eine Wohnung versprochen! Was für ein Wahnsinnsglück bei der Wohnungsnot!" Dem Kind läuft es kalt den Rücken hinunter. Es fragt: „Oma und die Andern werden doch auch dort sein?" Ein betretenes Schweigen erfüllt das

Kind mit einer dunklen Ahnung. Die Tanten sagen fast gleichzeitig: „Wir haben hier unsere Aufgaben und Oma bleibt bei uns!". Eine Welt stürzt zusammen. „Dann will ich auch hier bleiben!", schluchzt das Kind und umschlingt die geliebte Großmutter, die Oase und Zufluchtsort in einem ist. Vater ist die Enttäuschung anzusehen, dass seine Bemühungen nicht besser honoriert werden. Er sieht die Chance eines Neuanfangs, ein Anknüpfen an eine gewisse Normalität. Das Kind fühlt unendlichen Schmerz, die Oma zu verlassen, die Schule und die geliebte Lehrerin zu verlieren, die Kinderkirchgruppe und die inzwischen festen Freundinnen nicht mehr zu haben. Vier behütete Jahre waren es und es hätte immer so weitergehen können – nach Meinung des Kindes.

Um den Schmerz zu erleichtern, bastelt die Oma ein Poesiealbum aus Tapetenpapier und rauen Schreibblättern, die liebevoll durch eine gehäkelte bunte Kordel zusammengehalten werden. Jeder soll nun noch einen Abschiedsgruß hinein schreiben. Die Oma macht den Anfang und malt bunte Girlanden um ihre Segenswünsche herum. Der Jagdeifer, möglichst alle einschreiben zu lassen, lässt das Bevorstehende für kurze Zeit zurücktreten.

40 Razzia

Es geht wie ein Lauffeuer durch das beschauliche Badestädtchen, dass die Familie „in den Westen" geht. Jeder will wissen, wie das möglich wird, denn dort drüben scheinen ja die Fleischtöpfe Ägyptens zu stehen. Vater kann wieder bei seiner alten Firma arbeiten und hat außerdem Gelegenheit, mit einem Kommunisten den Wohnort zu tauschen, der aus Überzeugung „in den Osten" möchte. Von fremden Leuten wird das Kind gefragt, ob der Vater viel Westgeld mitgebracht hat. Der heimliche Transfer von Westmark ist verboten. An der Grenze kann man Geld tauschen: für vier Ostmark bekommt man bei der Ausreise eine Westmark. Bei der Einreise in die russisch besetzte Zone wird eins zu eins umgetauscht. Das bedeutet: für eine Westmark gibt es eine Ostmark. Das ist für den Reisenden ein Verlustgeschäft, also wird geschmuggelt. Wer dabei ertappt wird, wandert hinter die Kerkermauern von Bautzen. Wer einen Schmuggler anzeigen kann, bekommt eine hohe „Kopfprämie". Es heißt also höllisch aufzupassen, dass nichts Unerlaubtes bekannt wird.

Das Kind ist so mit seinem Abschied beschäftigt, dass diese Realitäten an ihm abprallen. Es weiß nur, dass es „Nichts Dummes" sagen darf. So wird sein „Ich weiß nicht" zum Markenzeichen dieser

Zeit. Aber eines Tages bricht die Wirklichkeit in die Wohnstube herein. Unvermutet stehen zwei Volkspolizisten vor der Tür, weisen einen Durchsuchungsbefehl vor und und verlangen umgehend Zutritt zu sämtlichen Räumen. Sie suchen Westgeld. Sofort beginnt ein Durchwühlen aller Schubladen, Schränke und Kästen. Blumenvasen werden umgedreht, Teppiche umgeschlagen, Taschen müssen geöffnet und Bilder von den Wänden gehoben werden. Selbst Clopapierrollen werden inspiziert, ob etwas hinein gewickelt wurde.

Mutter ist sehr blass geworden. Als das Kind sich an sie schmiegt, merkt es, dass sie zittert Auch Vater ist sehr ernst und hat eine entsetzlich weiße Nase. Immer wieder schauen sich die Eltern vielsagend an. Die Vopos sind jetzt am Bücherregal und nun muss sich auch Vater setzen. Er atmet heftig, denn nur er und Mutter wissen, dass ihr Westgeld in einem der beiden Schillerbände steckt. Buch für Buch wird aufgeschlagen, durchblättert und ausgeschüttelt. Immer näher kommen die Hände an das gefährliche Buch. Noch vier Bücher – drei Bücher – zwei - jetzt sind sie an den Schillerbänden. Die Katastrophe ist unausweichlich. Die Hände greifen den linken Band, stellen ihn zurück und – was ist das? - überspringen den zweiten, den gefährlichen Band. Mutter faltet die Hände und schließt die Augen. Als die restlichen

Bücher durchsucht sind, verabschieden sich die Polizisten und verlassen die Wohnung. Die Gefahr ist vorbei.

Das Kind hat den Vater noch nie weinen sehen. Aber jetzt laufen ihm Tränen über das Gesicht. Er hält Mutter umschlungen und sein Körper bebt wie im Fieberfrost. Erst im Westen erfährt das Kind von der unglaublichen Bewahrung und lernt an Wunder zu glauben.

41 Abschied

Unversehens ist der Abschied da. Alle Habseligkeiten werden diesmal auf einen Leiterwagen gepackt. Die ganze Familie hat sich noch einmal im ausgeräumten Wohnzimmer versammelt und mit zitternden Stimmen singen alle: „Unsern Ausgang segne Gott, unsern Eingang gleichermaßen …!" Im Hof letzte Umarmungen. Das Kind ist so konfus, dass es die Deichsel des Leiterwagens übersieht. Es stürzt hart mit dem Kopf voraus auf den asphaltierten Boden. Es merkt nicht, wie die Platzwunde an der Stirn verbunden, es auf den Wagen obenauf gelegt wird und es in Eile zum Bahnhof geht.

Ist es ein gnädiger Dämmerschlaf? Das Kind wacht erst wieder zu vollem Bewusstsein auf, als der Handwagen über den Grünstreifen des Niemandslandes gezogen wird. Hinter dem Schlagbaum umarmen sich Vater und Mutter: „Wir sind im Westen!"

42 Im Westen

Das Kind drückt sich die Nase am Abteilfenster platt. Draußen türmen sich Berge so hoch, wie sie das Kind noch nicht gesehen hat. Bewaldet sind sie und mit Dörfern und Städten bestückt. Der höchste Berg in Kühlungsborn war 16 Meter hoch. „Das sind nur die Mittelgebirge", gibt die große Schwester ihr Wissen preis. Die Alpen sind noch viel höher, über tausend Meter hoch! Das Kind ist noch nie weiter gefahren, als wie die kleine Dampfeisenbahn Molli fuhr, eine halbe Stunde hin, eine halbe Stunde zurück. Nun fahren sie schon viele Stunden und die Fahrt ist immer noch nicht zu Ende. Die Welt ist riesengroß. Brücken führen über Schluchten. Straßen und Wege ziehen sich wie graue Bänder durchs Gelände. Das Schönste ist, dass man aus dem Fenster gucken kann.

Je näher sie an eine größere Stadt heran fahren, desto mehr Trümmerhaufen und Ruinen türmen sich rechts und links der Gleise. Auch das ist erschreckend, denn an der Ostsee waren die Häuser unzerstört und hochherrschaftlich, mit vielen Verzierungen, Veranden und Außentreppen. Hier ragen die verkohlten Fassaden schwarz und gespenstisch in die Luft. Die leeren Fensterhöhlen gähnen beängstigend in fast unbewohnte Straßen hinein. Nur in manchen Mauerresten sieht man Spuren bewohnten Lebens. Vereinzelt protzt ein Neubau zwischen den Ruinen.

Bei einem längeren Halt steigt der Vater aus und kommt mit einer orangefarbenen Kugel zurück. Sie ist so groß wie ein Apfel, nur duftet sie fremd und fühlt sich wie ein ledernes Bällchen an. Der Vater schneidet vorsichtig mit dem Taschenmesser Schnitte ein und schält mit den Fingern die Schale ab. Das Kind schnuppert fasziniert und hält die Schalen wie eine Kostbarkeit in der Hand. „Das ist eine Apfelsine", sagt Vater. Mit einem feinen Sprühen wird das Innere der Frucht in kleine Spalten zerteilt und jeder bekommt das saftige Fruchtfleisch zu schmecken. Das hat das Kind noch nie gegessen und auch die Geschwister kennen das exotische Obst nur aus dem Schulbuch. Andächtig wird die Köstlichkeit verzehrt. Das Kind will ein Schnitz für die Oma aufheben, aber Mutter beschwichtigt mit einem „Das schreiben wir ihr!"

Das Kind behält die Schalen wie ein Zaubermittel. Es drückt sie einzeln langsam zusammen und atmet das ungekannte Aroma ein, unaufhörlich, immer wieder. Es verbindet sich verheißungsvoll mit dem Neuen, das auf es zukommen wird.

43 Ankunft in Stuttgart

Am Abend hält der Zug endlich im ersehnten Zielbahnhof. Die Familie ist müde und erschöpft. Für heute ist kein Weiterkommen mehr möglich, denn erst am anderen Morgen kann Vater beim Wohnungsamt den Schlüssel für die versprochene Wohnung abholen. Es ist zu spät, um noch jemanden zu erreichen. Eine Nacht bei der Bahnhofsmission muss eingeschoben werden.

Die Helfer der Missionsstelle am Hauptbahnhof sind uniformierte Mitglieder der Heilsarmee, die sich einfühlsam um die Ankömmlinge kümmern. Es gibt etwas zu essen und zu trinken und dann winkt auch schon die Pritsche für die Nachtruhe. Das Licht ist hell und freundlich und spiegelt die Hilfsbereitschaft der ehrenamtlichen Kräfte wider. Welch ein Segen, nicht im trostlosen Wartesaal der Bahnhofshalle die Nacht zubringen zu müssen. Das Kind drückt Pummelchen fest an sich. An der Wand hängt ein Bild, das dem Kind bekannt vorkommt und heimatliche Gefühle weckt: ein freundlicher junger Mann im hellen Lichtkranz in einem dunklen Garten inmitten vieler Schäfchen. Das ist friedlich und beruhigend und erinnert an das Lieblingslied „Weil ich Jesu Schäflein bin!". Ein wohliges Gefühl durchrieselt das Kind und es kann einschlafen.

Die Familie darf noch zum Frühstück bleiben, dann holen sie gemeinsam den Wohnungsschlüssel ab. Ein riesiger Schock erwartet sie: durch eine Fehlplanung ist die versprochene Wohnung bereits vergeben und seit kurzem bewohnt. Vater steht da mit seiner fünfköpfigen Familie und kann es nicht glauben. Mutter verliert die Fassung und schluchzt hemmungslos. Die Mädchen fallen ein. Nur der Bruder und der Vater mahlen mit den Unterkiefern und ziehen verstohlen das Nasenwasser hoch. „Ein Mann weint nicht!" scheinen sie sich gegenseitig zuzusprechen. Panik legt sich auf alle und Bilder von Situationen vor vier Jahren steigen beängstigend auf. Muss sich alles noch einmal wiederholen? Zum Glück ist es nicht so kalt wie damals sondern Frühling. Aber das hilft im Augenblick auch nicht weiter. Das Kind sehnt sich schrecklich nach Oma und den Tanten und sicher denken alle das Gleiche: zurück zu den „Fleischtöpfen Ägyptens", die in Kühlungsborn stehen.

Nur Vater gibt nicht auf und kämpft wild entschlossen für seine Familie. Seine rhetorische Beharrlichkeit bewirkt einen Einfall der Sachbearbeiterin. Es gibt da eine leer stehende, voll möblierte Wohnung in Stuttgart West. Die Besitzverhältnisse sind noch nicht geklärt, da die Eigentümer neunzehnhundertvierundvierzig vor der antisemitischen Verfolgung nach Amerika geflohen waren und vermutlich nicht mehr zurück kehren wollen. Ein Rechtsanwalt verwaltet das Eigentum. Für kurze Zeit könne man dort einziehen, bis sich etwas Passendes gefunden hätte. Man möge sorgsam umgehen mit dem fremden Eigentum.

44 Auf dem Weg zur neuen Wohnung

Mit Sack und Pack zieht die Familie los durch die Straßen der Innenstadt Richtung Stuttgart West. Es geht vorbei an neu errichteten Häusern, schattenhaften Fassaden, hinter denen Ruinenlöcher gähnen, vorbei an zerbombten Häusern, deren Schutt noch immer nicht aufgeräumt ist, notdürftig geschaffenen Unterkünften, in denen mehr gehaust als gewohnt wird. Viel ist aufgebaut, noch mehr liegt zerstört am Boden. Nirgends ist ein Baum oder auch nur ein grüner Zweig zu sehen. Nur zwischen den Fugen des Pflasters oder den

Zwischenräumen der Ruinen wachsen verheißungsvolle Löwenzahn-Stängel hervor, die das Herz des Kindes wehmütig berühren.

Das Kind sieht zum ersten Mal Straßenbahnen, die mit langen Stromabnehmern durch die Straßen rattern und laut klingelnd auf sich aufmerksam machen. Ein freundlicher Schaffner mit einer merkwürdigen Zahlentrommel vor dem Bauch winkt durch eine geöffnete Tür dem Kind zu, das mit großen Augen hinter der Familie herzottelt. Das Kind sucht Bäume, Vorgärten, im Sandboden wuchernde Buchsrabatten, Kopfsteinpflaster. Die hohen Häuser sind so abweisend fremd mit ihren vielen gleichförmigen Fensterreihen und den auffallenden Klingelknopf-Platten neben der Haustür. Es weiß noch nicht, dass es bald mit anderen Kindern das fragwürdige Spiel des „Klingelputzens" praktizieren und merken wird, dass es gefährlich ist, wenn man nicht schnell genug weg rennt.

Je länger die Familie durch die Straßen zieht, desto mehr steigen die Straßen an. Es geht bergauf, das ist die Familie nicht gewöhnt. Staffeln sind zu bewältigen, die eine tiefer gelegene Straße mit der höheren verbindet. Vater erklärt, dass Stuttgart in einem „Kessel" liegt. Das Kind mag das Wort nicht. Es erinnert an die Erzählungen vom „Kessel

Stalingrad" oder die „Einkesselung Berlins", Schauergeschichten, die unvermittelt den kindlichen Gemütshimmel verfinstern und die verschütteten Schreckensbilder des Krieges wieder herauf beschwören.

Schließlich stehen sie vor einem dreistöckigen Mietshaus, dessen grau-schwarzer Anstrich noch von der Kriegstarnung erzählt. Im ersten Stock liegt die Dreizimmerwohnung, die sie benützen dürfen. Das Treppenhaus riecht alt und ungelüftet, die Steinstufen sind ausgetreten, das Geländer ist ramponiert.

Aber welch eine Überraschung, als Vater die Glastüre aufschließt! Eine gemütliche, komfortabel eingerichtete Wohnung liegt vor ihnen. Teppich und Jugendstilmöbel zeugen von einem wohlhabenden Besitzer. Bücher stehen in den Regalen, die Schränke sind gefüllt mit gepflegtem Geschirr und Besteck, das aus den Glasvitrinen schaut. Weiche Sitzmöbel, bezogene Betten, eine eingerichtete Küche und ein sauberes Badezimmer scheinen in einem Dornröschenschlaf zu liegen.

Die Familie scheut sich, die Wohnung in Besitz zu nehmen. Wie zu Besuch gekommen setzen sie sich nieder und wissen nicht, was sie machen sollen. Die eigenen Habseligkeiten bleiben unausgepackt.

Vorsichtig wird die Umgebung durch die Fenster in Augenschein genommen. Man entdeckt schräg gegenüber einen Kolonialwarenladen, der gemeinschaftlich aufgesucht wird. Mutter findet dort, was sie zu einem Mittagessen gebrauchen kann.

Die Familie isst und trinkt wie im Traum. Vater hat inzwischen über das Telefon auf der Post den Rechtsanwalt ausfindig gemacht, der von dem Ehepaar bevollmächtigt ist. Der stattet noch am selben Tag einen Besuch in der Wohnung ab und erzählt von den Umständen, unter denen das jüdische Kollegen-Ehepaar geflohen sei und gerade noch rechtzeitig nach Amerika ausreisen konnte. Die der Nazi-Verfolgung Entronnenen wollen nicht mehr nach Deutschland zurück kommen und wären bereit, ihr Eigentum gegen einen bescheidenen Preis in gute Hände zu legen. Erben seien keine da. Nur mit Mühe habe er das Leerstehen der Wohnung erreichen können. Aber nun solle die Familie es sich bequem machen.

Die Eltern sind sprachlos. Sie versprechen, sorgsam mit dem Hab und Gut umzugehen und nach und nach Geld abzuzahlen. Als der Rechtsanwalt gegangen ist, fallen sich die Eltern in die Arme. Das Erste aber ist ein gemeinsames Dankgebet an den Geber aller Güter, der ihnen so unverhofft diese unglaubliche Bleibe in den Schoß fallen ließ.

45 Das neue Zuhause

Das Kind erkundet das neue Umfeld. So hohe Häuser kennt es nicht, nicht die langen Häuserzeilen, die sich aus den aneinander gebauten Mietskasernen ergeben. Es vergleicht pausenlos und kommt immer zum gleichen Ergebnis: Kühlungsborn ist schöner. Die hohen Gebäude dort waren verziert mit Blumenmustern, Engel-Köpfchen, Schlingpflanzen und Blüten-Ranken. Jugendstil hat das Kind sagen gehört. Die Bauwerke sahen vornehm aus und waren von parkartigen Gärten umgeben. Vor allem die Vorgärten mit den großen Hortensien-Büschen und den immergrünen Buchs-Einfassungen winkten den Vorübergehenden freundlich zu oder schauten zwischen den weiß gestrichenen Holzzäunen hervor. Die Straßen waren überschattet von hohen Alleebäumen, meistens Linden, die im Frühling so verwirrend süß dufteten und Hunderte von Bienen anlockten. Sie standen auf sandigem Boden, der jeden Morgen geharkt wurde und so ordentlich aussah, dass man nicht hinein zu treten wagte. Dahinter rauschte und brauste unaufhörlich die Ostsee.

Hier sind die Fassaden noch mit dem trostlosen dunklen Warnanstrich versehen und meistens schmucklos. Die Häuser grenzen an graues Pflaster und nirgends ist ein einziges grünes Pflänzchen zu finden. Dafür sind die Bürgersteige erhöht und verlocken zum Spiel, wer schneller voran kommt mit einem Fuß auf dem Gehweg und dem anderen auf der Straße. Das ist ganz schön mühsam, macht aber Spaß. Die Fenster gehen nach innen auf und die bunten Fensterläden sind durch nüchterne Rollläden-Kästen ersetzt. Blumen vor den Fenstern sucht das Kind vergeblich.

Vom Küchenbalkon sieht das Kind auf die Rückseite einer anderen Gebäudezeile, die zum Verwechseln ähnlich gebaut ist. Die Zwischenhöfe sind betoniert und durch die hohen Mauern lichtarm und trostlos dunkel. Die Küchenveranden sind meistens voll gestellt mit undefinierbaren Gegenständen oder Wäsche verhängt. Unordentlich und verkommen sieht das aus. Wenn man niest, hustet oder etwas hinunter ruft, hallt es wie in einer Tonne. Man hört aus anderen Wohnungen Stimmen, Geschrei und Geräusche, die das Kind beunruhigen. Dabei sind es nur ungewohnte Alltagslaute, die von den Mauern zurückgeworfen und verstärkt werden.

46 Erste Bekanntschaft

Im Hof unten entdeckt das Kind etwas Grünes, das es erkunden will. Es schleicht die Treppen hinunter und huscht vorbei an Kohlenkellern durch die Hintertüre ins Freie. Als erstes fällt ihm eine Teppichstange ins Auge, die an langen Ketten hinauf und hinunter gelassen werden kann. Daran hängt kopfunter an den Kniekehlen ein gleichaltriges Mädchen. Es lacht und ruft „Grüß Gott!". Das Kind weiß schon, dass man hier nicht „Guten Tag!" sagt und verschluckt einen undeutlichen Gruß. „I ben die Ewa ond wer bisch du?". Das Kind kann nur gucken und staunen. Mit einem Überschlag landet Eva auf dem Boden. Die zwei Mädchen mustern sich wortlos. „Kascht du net schwätze?", fragt Eva. „Wir sind neu hier!", bringt das Kind heraus. „Ach so, du bischt die Neigschmeckte", konstatiert Eva und bemüht sich schriftdeutsch nach dem Namen zu fragen. So gelingt eine erste Annäherung und das Kind erfährt, dass Eva im Erdgeschoss wohnt und sie wohl zusammen in die gleiche Klasse gehen werden.

„Komm, i zeig dir mei Gärtle!" verkündet Eva stolz. An der hinteren Hauswand zieht sich ein schmaler Streifen Gras entlang. Mit kleinen Stöcken hat sich Eva ein winziges Beet abgesteckt und von Gräsern befreit, sodass der staubige Boden zu sehen ist. Darin steckt ein kleines Polster von Gänseblümchen, eingerahmt von Schnittlauch und Löwenzahn. Das Kind schluckt und zieht das Nasenwasser hoch. Dennoch sagt es anerkennend: „Schön! Hast du das gemacht?" Sie holen einen Henkeltopf mit Wasser aus Evas Küche und schütten das Wasser vorsichtig auf die trockene Erde, wo es lange Zeit braucht, bis es versickern kann.

47 Angekommen

Ein Anfang ist gemacht. Das Kind hat einen Angelpunkt und eine Freundin gefunden. Eva wohnt allein mit ihrer Mutter in der kleinen Wohnung, denn ihr Vater ist gefallen. Bald gesellen sich andere Nachbarskinder hinzu, die dem Kind die schwäbische Sprache beizubringen versuchen. Das Kind ist gelehrig und lernt schnell, dass „der Schoklad" und „der Butter" hier männlichen Geschlechts sind, aber genauso schmecken, wie sonst. Es versteht, dass „Krombiere" Kartoffeln und „Preschtling" Erdbeeren sind und dass Gaisburger Marsch hier „Gardoffelschnitz ond Schbatze" heißt. Die „Mürbchen" werden zu „Gutsle" und die heimischen „Klopse" mutieren zu „Fleischküchle". Die Familie lernt die Kehrwoche als unabdingbare Konstante im Jahreslauf kennen und das Treppenhaus turnusgemäß zu „butze". Das Kind merkt hautnah, dass man manche Schimpfwörter wie „Du Dackl" oder „Du Seggl" nicht wiederholen darf, wenn man einer Schlägerei aus dem Weg gehen möchte.

Heimlicher Stolz erfüllt das Kind, wenn es dagegen beim Aufsatzschreiben manchen Pluspunkt ergattern kann und auch die Diktate fehlerlos gelingen, weil es dialektfrei spricht. Die gemeinsamen Hausaufgaben sind schnell erledigt, denn Eva ist froh, „abschbickeln" zu dürfen. So bleibt Zeit, der Lieblingsbeschäftigung zu frönen, dem Theaterspiel. Der Hof, dieser kleine Betonplatz neben der Teppichstange in dem lichtarmen Geviert, bildet die Bühne. Evas komödiantisches Talent kommt der Neigung des Kindes, sich in etwas hinein zu steigern, entgegen. So entstehen die ergreifendsten Szenen im Stehgreif oder nachgestellt aus den Lesebüchern.

Das Leib- und Magenspiel ist ein irgendwo aufgeschnapptes Lied, das nicht nur herzzerreißend gesungen, sondern auch mimisch dargestellt wird. Es beginnt: „Bei ihrem schwer erkrankten Kinde/ sitzt eine Mutter still und weint,/ weil für sie hat in ihrem Leben/ noch nie die Gnadensonn gescheint". Das Kind hat die leidgeprüfte Mutter zu spielen und gleichzeitig zu singen, während Eva sich in Todesqualen auf dem Boden windet. Die Akteure bringen das Lied selten zu Ende, denn von dem dargestellten Leid überwältigt, brechen sie stets in jämmerliches Weinen aus und ziehen sich schluchzend von der Bühne zurück. Dass die Zuschauer beeindruckt sind, merken sie, wenn ab und zu ein eingewickeltes Geldstück in den Hof fliegt. Das wird sofort in Lakritz umgesetzt, was das Kind überhaupt nicht mag, aber Evas Leibspeise ist.

Diese Phase geht abrupt zu Ende, als das Kind Rollschuhe geschenkt bekommt: Die ersten „Hudora" mit roten Schmuckstreifen an den Metallrädern! Ab jetzt erobert das Kind die Straßen auf diesen lärmenden Rollen. Nur manchmal, wenn es im Rausch der schnellen Bewegung über das Pflaster gleitet und das monotone Rattern gleichmäßig das Ohr streift, taucht es auf, das Grauen von früher, das Rattern der Eisenbahnräder, der Güterzug, die Flucht vor den Russen. Dann ist es da - das Dunkle, das in der Tiefe der Seele als Untier lauert und unverhofft seine Fratze zeigt. Dann hält das Kind sich die Ohren zu und kann es doch nicht zum Schweigen bringen, obwohl das Kind nun endgültig in der neuen Heimat angekommen ist. Das Dunkle ist da. Es wird zu einem Lebensbegleiter werden, sich mit

Freud und Leid des zukünftigen Lebens vermischen und ihm seine unverwechselbare Prägnanz verleihen.

Inhaltsverzeichnis

Einleitung	5
1 Herkunft	6
2 Fackelzug	9
3 Gefallen	12
4 Judenhass	14
5 Judenverleumdung	16
6 Krankheit	17
7 Bombenangriff	21
8 Aufbruch	25
9 Fluchtbeginn	28
10 Communio Sanctorum	31
11 Zwischenfall	35
12 Stargard	37
13 Geburtstagsvisionen	42
14 Der fünfte Geburtstag	45
15 Im Schlafbunker	48
16 Angebrannter Brei	51
17 In Kühlungsborn angekommen	53
18 Leben in Kühlungsborn	54
19 Kriegsende	58
20 Begegnung mit Russen I	60
21 Begegnung mit Russen II	63
22 Stromsperre	65

23 Essen in der Nachkriegszeit	69
24 Sirupkochen	71
25 Hamstern und Lebensmittelkarten	73
26 Im Wald	74
27 Hamstertouren	75
28 Naturprodukte	77
29 Care-Paket	79
30 Krippenspiel	81
31 Frust und Lust	83
32 Oma	85
33 Waisenkinder	88
34 Bald Schulkind	92
35 Lebertran und Typhusimpfung	96
36 Schulanfang	97
37 Neue Zeiten	98
38 HO-Laden	100
39 Veränderung	102
40 Razzia	105
41 Abschied	107
42 Im Westen	108
43 Ankunft in Stuttgart	110
44 Auf dem Weg zur neuen Wohnung	112
45 Das neue Zuhause	116
46 Erste Bekanntschaft	117
47 Angekommen	119